张楚廷 / 著

我的父亲

湖南师范大学出版社

图书在版编目（CIP）数据

我的父亲 / 张楚廷著. —长沙：湖南师范大学出版社，2021.9
ISBN 978-7-5648-4268-0

Ⅰ.①我… Ⅱ.①张… Ⅲ.①回忆录—中国—当代 Ⅳ.①I251

中国版本图书馆 CIP 数据核字（2021）第 157424 号

我的父亲
Wo de Fuqin

张楚廷　著

◇组稿编辑：李　阳
◇责任编辑：李红霞　黄　林
◇责任校对：胡晓军　赵英姿
◇出版发行：湖南师范大学出版社
　　　　　　地址/长沙市岳麓区　邮编/410081
　　　　　　电话/0731-88873071　88873070　传真/0731-88872636
　　　　　　网址/https：//press.hunnu.edu.cn
◇经销：新华书店
◇印刷：永清县晔盛亚胶印有限公司
◇开本：710 mm×1000 mm　1/16
◇印张：11.75
◇字数：150 千字
◇版次：2021 年 9 月第 1 版
◇印次：2024 年 8 月第 2 次印刷
◇书号：ISBN 978-7-5648-4268-0
◇定价：49.80 元

凡购本书，如有缺页、倒页、脱页，由本社发行部调换。
投稿热线：0731-88872256　13975805626　QQ：1349748847

自 序

我写出了一本《我的父亲》,其手稿不知到哪里去了。四处寻找,也不见踪影。

我只好再写,必须再写。今年是我父亲的120周年诞辰,所以加紧写。今日已脱稿。

为什么只写父亲,还有母亲呢?母亲在我念高中时就辞世了,我写过一首长诗纪念她,诗名就叫做《母亲》。在这首诗里,也有不少地方提到了我的父亲。毕竟,我受父亲的教育,在时间上更长,受影响的方面更多,影响也很深远。

写我的父亲,这是一个案例,乃个案而已。可是,大家都明白共性寓于个性之中的道理。

谁都会为人之父或为人之母的。做好父母,教育好孩子,是天下父母共同的心声。

我自己早已成了父亲,跟我爱人一道抚育了两个儿子。他们都上了北京大学,都获得了博士学位,都有了教授头衔,都曾留学。以此为背景,我写出了《子女的培育》《有效的家庭教育》两部著作,销售量都相当可观。谁不想让子女更好地成长?

我的父亲至少有如下几点是可资借鉴的:

——无论在顺境,还是在逆境,他总是充分信任自己的儿子。

他未必知道在创造心理的 25 个要素之中，自信心是居于首位的，然而，他事实上这样践行了。

——父亲从未说过我的什么毛病，他也未必知道对子女、对学生需以正面教育为主，甚至只需进行正面教育。先知负面，未必能知正面；先知正面，比较容易自然地知晓负面。这对于学校教师的教育教学工作，也有重要的参考价值。

——我的父亲给我最重要的心理品质是厚道。他是医生，必须厚道；又因厚道而成了一名好医生。如今很多人看到我厚道，却很少有人知道我厚道的来源。

——父亲从未打骂过子女，他也未必知道打骂孩子只能说明父母教育的无能。

——每当我有所发展、有所进步的时候，父亲总是说"那是当然的"，进一步巩固了我的自信。他也未必知道父母送给子女最好的礼物是自信心。他似乎天然地知道这些理论。

至于我经历过的挫折、坎坷，我挨整，我多次下放接受改造，贴给我的大字报特别的多，所有这些，都不能告诉父母了。还能让他们再增担忧吗？在这些事情上，我只好报喜不报忧了。一切的"忧"，都得自己担下来。儿行千里母担忧，他们没事都会忧，还能再让他们有更多的担忧吗？这样，我的独立生活能力也比较强。

怀念，纪念，这本身就是我生活的动力源泉。

我还想强调的一点是，热爱祖国，总是从热爱自己的父母、自己的同学、自己的老师、自己的学校开始的。

谨以此书献给我的父母，也献给天下千千万万的父母。

张楚廷

2021 年 6 月

目 录

第一部分 父亲与母亲 / 001

我的母亲 …………………………………………（003）

自幼唱的两首歌 …………………………………（007）

我父亲的神话 ……………………………………（012）

我父亲的爱好 ……………………………………（015）

第二部分 长沙是我的福地 / 019

往南行 ……………………………………………（021）

关于从政 …………………………………………（027）

再说象棋 …………………………………………（032）

厚道之源 …………………………………………（038）

厚道的延伸 ………………………………………（046）

一个特别的叮嘱 …………………………………（052）

再说厚道 …………………………………………（055）

第三部分 我的亲朋好友 / 057

百善孝为先 ………………………………………（059）

"当然的" …………………………………………（064）

我的二哥 …………………………………………… (068)

我的大姐 …………………………………………… (070)

我的姨妈 …………………………………………… (073)

我的老师 …………………………………………… (076)

我的同学 …………………………………………… (082)

我的好友 …………………………………………… (085)

第四部分　向父亲汇报 / 089

汇报一 ……………………………………………… (091)

汇报二 ……………………………………………… (095)

汇报三 ……………………………………………… (099)

另一些"家" ………………………………………… (104)

四次学术会议 ……………………………………… (110)

为谁活着 …………………………………………… (117)

我的哲学 …………………………………………… (121)

我的文学 …………………………………………… (123)

我的体育学 ………………………………………… (125)

我的管理学 ………………………………………… (127)

我的心理学 ………………………………………… (131)

我的伦理学 ………………………………………… (133)

我的数学 …………………………………………… (136)

我的教育学 ………………………………………… (138)

关于高等教育学 …………………………………… (140)

我的课程学 ………………………………………… (144)

第五部分　永远的牵挂 / 149

我做父亲 …………………………………………… (151)

我做教师 …………………………………………… (153)

目录

我做校长 …………………………………………（156）

那些奖 ……………………………………………（159）

那些兼职 …………………………………………（163）

儿行千里母担忧 …………………………………（167）

最后的路程 ………………………………………（172）

清明节 ……………………………………………（175）

碑文 ………………………………………………（177）

我的父亲

第一部分
父亲与母亲

我的父亲和母亲

我的母亲

这本书是写我的父亲，但我必须在一开头就写我的母亲。她去世得比较早，没有父亲留下的故事那么多。然而，我对她的怀念、纪念，是跟父亲一样多的。

1955年3月，我高中毕业前夕，母亲从家乡沔阳到汉口，再乘船去湖北嘉鱼县看我的三哥楚钰。对她的子女，她一个个都放心不下。去嘉鱼前，我的能力极强的母亲，召集在汉口同济医学院念书的楚武哥，和在武汉三中念高中的我，三人照了一张相片。这也成了母亲生前和我们照的最后一张相片，呜呼！

不久，噩耗传来。母亲有胃溃疡，病发后，医生下错了药，引起了胃大出血，从此，撒手人寰。直至今日，每每想起母亲的去世，我依然泪流满目，往往需要强忍着泪水之后，才能继续动笔。永远的怀念，也成了我永远奋发努力的动力源泉。

母亲逝世后，我在作文中写下了："春雪不拦路，却寒透了人的心。"张国魂老师在我的这句子边，圈了又圈，赞赏这有情有景的语句，这从心灵里流出的语句。

父亲在安排好了母亲的后事，回到武汉时，同武哥一起到汉阳来，告诉我母亲去世的消息。顿时，我号啕大哭。武哥安慰我说："我们还有千千万万的母亲活着。"可是，生我养我的母亲只有这一个，武哥的这句话没有能止住我的眼泪。

随着年岁和知识的渐渐增长，我才明白，黄河、长江是我的母亲，中华大地是我的母亲。这样，心中才有了千千万万的母亲。不过，这一切的出发点还是生我养我的母亲，从她那里才有了千千万万，才有了母亲河，才有了神州大地。

我出生在印度尼西亚，雅加达、牙律、泗水、苏门答腊，都是我熟知的地方。这样，我就是归侨，不只是侨眷、侨属。那时，消息不灵通，不知日本帝国主义正大举侵略中国。所以，一回国就逃难。有一次逃难时，我母亲一边夹着包，一边抱着我，日本人一枪从后面打来，不知打掉的是哪一边；待稍微镇定下来，母亲才发觉，打掉的是那个包。就这样，我在日本人的枪口下留存下来。仅仅这样一个故事，就让我永永远远跟自己的民族紧紧连在一起。从此，我是一个坚定的民族主义者、爱国主义者。即使我用一生去回报自己的祖国，也是远远不够的。

从印尼回国前，一位无子女的华侨想把我买去。然而，我母亲断然拒绝了，再苦再累，也不能将儿子卖掉或送出去。就这样，父母将我一把屎、一把尿地拉扯大。我从小学、中学，念到大学，又一直在大学里工作，实在是三生有幸啊。

从四季如夏的印度尼西亚，回到四季分明的湖北沔阳，气候大变。适应能力很差的我，自幼就患上了哮喘病。母亲对我说，当年我哮喘发作的时候，就像拉风箱一样。心疼在父母身上。我并不知晓有多么难过，那时的我是天不知、地不晓。可怜天下父母心，可敬天下父母心，都是父母的心啊。

史上，有海外关系曾经是一个忌讳。我算是有海外关系的了。父亲回国后，还有一个四叔在印尼。不是富人怎么去海外？而富人也是忌讳。其实，我家并不富。后来，我才知道，我的老家湖北天门是著名的侨乡，有钱没钱的，都下南洋。我父辈六兄弟姐妹，去了三人。我的父母不愿将一把骨头埋在异国他乡，就毅然回国了。如今的时代已经大大进步了，从华侨那里融资建设国家，是今天十分看重的了。八百汇也享受了许多优待。中国的门户业已大开了。

华侨和知识分子，都是统战对象。这两个身份我都有，成了双重的统战对象。在我担任了学校主要负责人之后，既统战别人，又被别人统战，无非是一起来建设学校、建设国家。如今，人们大都已不知我是华侨，只知我是知识分子，还有喊我大知识分子、大学问家、大校长的，还有大师。"大"字也越来越多了。

我常常怨上天没有让我的母亲多活一些年。然而，我很快就转了念头，活着也会够她受罪的了。我父亲后来的经历就说明了这一点。1969年，当我回到家乡看望父亲时，他就住在一个只有十平方米的草屋里，我也在那里住了一个晚上，帮助父亲烧火、煮饭。那也是我父亲当年少有的愉快日子，儿子孝敬他。

往事如烟，往事也并不如烟。我总是愿意向前看。看我们的国家大大发展了，看时代大大进步了。回首往事，是为了更好地珍惜今天，珍惜今天的来之不易，努力为父母、为民族、为这个时代而工作。

我的母亲是一位极聪明、极智慧的中国女性。当我的父亲出诊时，她就给人看病，开处方。在一些不便让他人知晓的事情上，她就跟父亲一起说印尼语。

母亲早已去了西天，但她永远活着，活在我们儿女心中。每次回家乡，我必做的第一件事，就是为父母上坟、叩头、烧香。

父母的合照，是由我制作后发给各兄弟姐妹的。他们二老的照片，就挂在我书桌的正前方。便于我随时看望他们，想念他们，向他们汇报工作。

在歌唱父母的歌曲中，最让我动容的，是阿宝唱的《老爸老妈》，筷子兄弟唱的《父亲》。天底下的歌，唱得最多的，是母亲，是妈妈。至于将河流、山川、祖国比喻为母亲的，更是数不胜数了。我们唱着这些歌，在这些歌声中长大，在这些歌声中勇往直前。

自幼唱的两首歌

我从小就喜欢的两首歌，也是我平生最开始唱的两首歌，一首是《松花江上》，另一首是《义勇军进行曲》，后者成了我们今日的国歌，世界上最威武雄壮的国歌，鼓舞我们永远前进的国歌，让我们用血肉建设我们新的长城的国歌。

这两首歌，都是我从父亲那里学来的。这两支歌，承载着我们民族的苦难，也歌颂着我们民族的奋起。"九一八，九一八"，"爹娘啊，爹娘啊"，这词、这曲，总能震撼我们的肺腑；"我们万众一心，冒着敌人的炮火，前进，前进"，这词、这曲，总能鼓舞我们前行。

我的父亲在印尼就会唱这两首歌。在东南亚一带的华人，大多都会唱这两支歌。华侨也是当地最坚定、最勇敢的抗日群体，因此，日本侵略者视华人为眼中钉，屠杀我们的同胞。当然，我们中国人也用自己的血肉之躯写下了光辉的一页。

在我会唱的许多歌曲中，抗日歌曲占了很大一部分，如《黄河颂》《黄水谣》《河边对唱》《太行山上》《到敌人后方去》《游击队之歌》等。念中学时，汉阳有一个跨界的合唱团，我担任男中音领唱，差一点被音乐学院录取去了。念大学时，我又是湖南省大学生合唱团的男中音领唱。如今，我会唱的歌，已逾两千首。这些歌，培养了我，教育了我，让我随着这些歌，走过了春夏秋冬，走过了祖国的大江南北，走过了世界。无论是西北高亢、辽阔的歌曲，还是江南委婉的小调，还是刘三姐那里的小桥流水，我都能唱上很多很多。音乐给我的想象力，大大有益于我的写作，让我在学术领域也能自由飞翔。

我如今会唱的两千多支歌，最初的那两首是《义勇军进行曲》《松花江上》，发端于我父亲的教导，发端于我们的根，伟大的中华文化，心手相传。

我的父亲在那个最艰难的时期，曾经割腕。四哥、四嫂救了他，并对他说："如果你这样走了，对子女的影响更大。"从此，他说，"以后再苦再难也不走这条路了"。虽然这是不堪回首的一幕，我还是更愿意看到今天中国社会的发展进步。

好在，我父亲度过了最艰难的时期，在 1982 年谢世。谢世时，我的两个姐姐失声痛哭。街坊邻里劝导说："82 岁（我父亲与 20 世纪同龄）走了，还哭什么！"大约在那个时候、那个地方，82 岁就算高寿了。当我们四兄弟抬着父亲的棺椁，走过他生活了 45 年之久的那条街时，家家户户燃放鞭炮，邻居们纷纷送别他们的这位好医生、好朋友。此情此景，痛心别离的同时也令我们所有兄弟姐妹备感温暖，也能告慰父母的在天之灵了。

母亲走后，我父亲还生活了 27 年。可是，母亲的离去毕竟对这个家有特别的影响。比如说，我上大学时，就无人帮我收拾打包行李。父亲没有母亲那样心细。父亲本就强调子女的独立生活。母亲谢世后，就更加如此了。这也造就了我自幼独立生活的能力。

1948年，父亲送我到武昌养真小学念书，这所学校位于武昌张之洞路，当时还是砂石路。我一个人就住在学校礼堂的大厅里。独立不独立？不独立行吗？我们兄弟姐妹多，尽管父母个个都照顾，却常常有照顾不过来的时候。客观上，也给了我们独立生活的条件，我三哥六岁、二哥九岁时，就去了重庆儿童保育院。二哥15岁参军，在新一军中服役，后来到了缅甸，在那里打击日本侵略者，英勇善战，也是九死一生。

二哥在1948年到养真小学看我，为我买了一双蓝色球鞋，这是我第一次穿球鞋，以前都是穿母亲做的布鞋。那时候，我看到的二哥，是一个魁梧的军人。1948年的时局已不允许二哥回沔阳家乡看望父母了。

我的父母一直牵挂着二哥，总念记着二哥是否还在人间。在民族灾难之中，父母的牵挂不知增加了多少啊。父亲直到1982年谢世前，都不知道二哥的下落。这是生活在今日得之不易的和平年代里的青少年难以体会到的。

1990年，两岸关系大幅改善。二哥随台湾一个代表团访问大陆，到了北京。那时，我的两个儿子正好都在北京大学念书，二儿子念本科，大儿子已念博士了。他们二人到宾馆去看望从未谋面的二伯。到了宾馆，他们被认为衣冠不整而不允许入内。此时，是他们的二伯出来对服务员作了说明，服务员才让进去。二哥看到两个侄子都在中国的最高学府北大念书，格外高兴。

1995年，二哥张楚琦再次造访大陆，住在武汉，这是我们的湖北家乡了。二哥知道我任大学校长已有多年，对此，他感到莫大的欣慰。在武汉时，我们兄弟姐妹除了大哥外，都去看望了二哥。晚上，我为二哥捶背、排痰。由此，我也更明白他呼吸道的疾病已相当严重。大约他70多岁时，终因呼吸道疾病而离开人世。我两次去台湾，都为二哥上坟。我的二嫂十分能干、贤惠，把三个儿女养大。大儿子道元，两个女儿分别叫凯丽、凯婷。我的父亲、母亲常念记着的二哥，也活到了古稀之年，这在战乱纷飞的年代，也是十分不易的事啊。

在我们大陆由十位校长组成的代表团访问台湾时，二嫂给我一千元台币。我说，我随团不需要用钱。湖南师范大学的前身是办在蓝田的国立师范学院，简称国师。那是1938年建校的，在日本人大举侵华时，中国人没有忘记战后重建自己的国家。

2018年，学校建校80周年，以蒋洪新为代表的学校领导人隆重纪念了这一日子（1938年10月28日）。校园里到处悬挂着彩旗，上面写着：弦歌八十载，奋进新时代。

我访问台湾时，当年国师的校友有许多人还健在，他们把我当作母校的校长来迎接，场面十分感人。这些校友在台湾教育界成了顶梁柱。不只有大批名师，教育界的领导人也大都是当年国师的校友，国师留下了许多的辉煌，我们继承，我们发扬光大。

在1988年，我组织杨布生等人写了校史《湖南师范大学50年》。当年国师的校友、湖南省的一把手熊清泉为此书题写了书名。王向天等人也是国师杰出的校友。

国师的校名中是"国立"，没有"湖南"二字。然而，这是一所立足湖南的中国大学。

我任校长时，也从历史中受到教育，受到鼓舞，没有懈怠过。从1982年至2000年，我任学校主要负责人长达18年。这不可能是混日子混过来的，谁能允许你混啊。历史业已表明，这18年中，我们的大学得到了长足的发展。回首往事，我可以无愧地说，自己没有愧对历史，没有愧对自己的大学，没有愧对师生员工，也没有愧对我的父母。我在湘江边上的这片神奇的土地上，也书写了近乎神话的历史。

实际上，神、神仙、神话，都是人创造的。这样一看，我创造一些神话，也是很平常的事。神从人来，人也从神来，人神是互变的。我们中华大地就叫做神州大地。孔孟老庄，创造了我们中国的古代神话。今天，无数的中国人在继续创造着神话。

我父亲的神话

我父亲只读过四年私塾,却能够用拉丁文开处方,这是不是神话?谁能说不是?

我一直都不知道他是怎么做到这一点的,也没问过,忘记了该问的事。他常常下汉口去购药物和器材。到汉口,走汉江,是顺水,所以叫下汉口。

我父亲开的医院,名叫"保安诊所"。这四个字的招牌横街而挂,至今我都还清晰地记得。在那个小镇上,我父亲生活了45年,都是租房。租过刘家的房,后又租过胡家的房。为什么没有买房或建房呢?至今,我也不清楚,也未问过父母。应当有条件建房,但一直未建。在那个艰苦的年月,我们一家就住在小茅草屋里。

我们租住刘家房屋的前半截,后半截东西两厢各住一位老奶奶。两位老奶奶每晚念佛经,这使得她们的晚年宁静而安详。用现在的话说,这就是信仰的力量。

我父母租住胡家的房，胡家有四兄弟，我家租的是胡氏老二的房子。老二家有一儿一女，儿子名胡望元，学名叫胡治正，比我大一岁。胡家二婶很喜欢我，岂止二婶，那些叔叔、阿姨都喜欢我，一是因为我嘴巴甜，感人，亲近；二是因为我每每回到家乡，总是说地道的家乡话，有了学问，有了见识，然而乡音不改。家乡话中很少发 u 音，吐字不读 tu，而念 tou；团字不读 tuan，而念 tan；苏字不读 su，而念 sou；等等。乡音未改，首先是乡音未忘。那是我童年的记忆，童年的语言。当然，如今我教书、写书，大江南北作学术演讲，就势必要说尽可能标准的普通话了。语言是一张名片，开口就知道你是哪里的人。"张校长，你是湖南常德人吧？""是啊，挨打的。"挨打的，就是跟湖南紧靠着的湖北。我所说的，就是我的父母说的乡音，就是那个小镇上的声音，永远的乡音。

有无前鼻音、后鼻音，是否卷舌，可能是最困难的。没有别的办法，就是勤学习，勤查字典。"说"字卷舌，"所"字不卷舌。北京的"京"字有后鼻音，天津的"津"字无后鼻音。"你"字有前鼻音，"礼"字没有，如此等等。学习汉语，还有一个四音（平上出入）的问题，此处就不再赘述了。

有些情形是难以解释的。我的大姐姐总喊我"楚廷"，我的二姐却从来都是喊我"张楚廷"。是二姐姐生怕我忘记姓张了吗？大姐姐就不怕吗？都不是，都是说不清的。我的父母则只可能喊我"楚廷"。我的侄子、侄女就都喊我"六爷"了。

唯一能解释上述现象的，就是文化、习惯、习俗。各个地方、各个时期不同的习俗。这种习惯、这种文化还是十分顽强的，一旦形成之后就是根深蒂固的了啊。

·我的父亲·

我的父亲是西医医生，那个小镇上还有一位中医医生，姓肖。一个小镇，中西医都有。何止是医生，其他方面都应有尽有，有商店、布匹店、南货店、百货店，有染房，有理发店、服装店，自然还有小学，当年的小学名崇德小学。小学有四扇窗，不是玻璃的，而是木板的，一撑开就可采光。四块木板窗户上分别写着的"礼义廉耻"四个大字永远刻在了我的心中，中华文化刻在了我心中。

那时候，家家户户的厅堂都蹲着牌位，上面写"天地君亲师"。这五个字也浓缩着中华文化的精华。那个"君"字，我们可以解释为自己的民族。我也自幼受着中华文化的熏陶，血液里流淌的、澎湃的，是中华文化，它铸造了我的灵魂。

中华文化源远流长，它抚育了我们一代又一代的中国人，抚育着我们炎黄子孙。

我父亲的爱好

父亲有爱好，无嗜好。

父亲常爱跟下街的胡翔叔下两盘棋。

也常跟隔壁的李云林叔打打麻将。

还喝两杯小酒，却从未醉过，他酒量也不大。

也抽烟。当时，我闻烟味没问题。现在连烟味也不能闻了，能力越来越差了。

当然，他悉心地看医学方面的一些书，不然，怎么可能用拉丁文开处方啊。

附带说说。中医的肖医生还跟我的父亲讨论过地心说和日心说。我父亲是主张日心说的。当时，我知道日心说的含义，很晚我才能说明白日心说的缘由。即使知晓日心说这一结论的人越来越多，然而，能说清楚日心说理由的，少之又少。

父亲在下棋时，我是他的高参。时间一久，父亲的棋友在跟他下棋时，就声明："你儿子不能开腔。"虽然不开腔，眼色还是可以看的，父子连心啊，岂能没有反应。

父亲在打麻将时，他一"胡"，牌一倒下来，我就为他将"番"数算出来了。对此，那些牌友就不会有异议了。至今，打麻将"番"的算法我还记得。什么"缺缺""段段""清一色""全带幺公""老少配""一条龙""杠上开花""清七对""门前清"等，我都还记得。

有一次，父亲从罗汉出发，说到他的伯伯、叔叔、姑姑、舅舅、姨姨等。一个圈转下去，父亲问我们弟兄："此人是谁？"我很快就答出："这就是罗汉本人。"

由于这一系列的经历，父亲认定我是兄弟中比较聪明的人。母亲也认为我比较聪明。

1948年，我在养真小学毕业后考武昌中学，结果是名落孙山。当父亲把我从武昌带回时，他一路对我说："这是不可能的。"他不是在安慰我，而是认为武昌中学搞错了。"我儿子是不可能考不上的"，他就这样一路嘀咕着、唠叨着。

失败后，父亲的信任是特别重要的，这样，我就不至于在未来失去信心和勇气。

实际上，我不只小学毕业后未考上武昌中学，中学毕业后，报考华南师范大学也未上线，在湖南师范大学数学系毕业后，报考北大数学系也榜上无名。这一系列的事件，使我认识到自己是不善于应试的。所以，后来批应试教育时，我就不动声色。自己不会应试，怎么好意思去批判应试教育？那些考上武汉大学、北京大学、清华大学的人，他们才有资格去批应试教育，我不够格啊。

在1959年，我们大学毕业前夕，李盛华老师出了一百道题，每题一分，让我们年级150名同学做。第一名考了70分，第二名考了63分，其余全在60分以下。前两名都姓张，第一名是张垚，后来去了湖南教育学院任教，第二名就是我了。这似乎又说明，我的基础还可以。在基础方面，与我勤于练习有关。功夫不负有心人。

虽然由于客观条件所限，在大学四年期间，我们只念了一年半，但由于我基础较好，就自学了从本科到研究生的所有数学科目。毕业后，李盛华老师又为我们青年教师开设了一些当时最前沿的科目，如泛函分析、测度论（哈尔莫斯所著）。

父亲并不清楚我不善应试。未考上武昌中学之后，父亲又将我送到老家天门乾驿上中学，住在我大姐姐家。在天门乾驿中学（现在的天门三中）念了半年。那时，乾驿是三里七分街，从文昌阁进入，经白马庙，到太和殿。太和殿即乾驿中学所在地。

毕竟，父亲还是希望我到大城市去念书。在乾驿念了半年后，就转学到汉阳高中。我的两位兄长都曾在汉阳高中念书。这样，我也进到了汉阳高中，即今日的武汉市第三中学。武汉三中对我的影响延续到现在，也将延续到我的一生。

当时交通极不发达，父亲带着我，清早从家乡沔阳出发，步行80多里，来到武汉三中。

在武汉三中，国文（当时不叫语文，叫国文）老师是张国魂，数学老师是赵孝恭，都是很中国化的名字。赵老师的女儿赵丹跟我同班，如今，赵丹在何方，我已一无所知。俱往矣，同学当年。当时同班同学中，最长时间保持联系的，是后来上了武大的罗谦怡。

我常常用诗的形式写作文，张国魂老师不仅容纳，而且十分欣赏。我今日的文学基础与他息息相关。"春雪不拦路，却寒透了人的心"，张国魂老师在这样的句子旁边圈了又圈。这实际上是写我母亲刚去世后的心境。情兴境，境兴诗。

几何论证讲究三段式：大前提，小前提，结论。凡羊都有两只角（大前提），甲是一只羊（小前提），所以，甲也有两只角（结论）。几何中有，其他方面也有三段式。

一个几何题的论证，往往需要有两个、三个，甚至更多的三段式。我在论证时，常常将两个、三个三段式作一步走，一步跨过几个三段式。赵老师在知道我懂了的时候，也容纳我的跨越式论证。张老师、赵老师的宽厚和容纳对我都十分重要。时间过去几十年了，我很怀念他们，分别为这两位老师写过诗。

2005年，武汉三中百周年纪念，我应邀回母校参加了庆典。当时的湖北省教育厅厅长路钢，是我的好朋友。他以政府官员的身份参加了庆典，当他看到我时，多少有些惊讶："你就毕业于三中啊！"武汉三中，是我永远的怀念，有我永远的感恩。

去年是武汉三中115周年诞辰，如果条件容许，我还会回母校去看看的，看看当年位于三槐岭，出学校后门就是鹦鹉洲的那片神奇的土地。我已知现任校长是肖少彬，他已邀请我回母校看看。我为自己曾就读于武汉三中而备感欣慰。

我的父亲

第二部分
长沙是我的福地

我与妻子（1986 年）

往南行

我高中毕业后，遵父嘱，报考了华南师范大学和湖南师范大学。结果被湖南师范大学录取了。

父亲认为我的身体宜于向南走。更南是广州，但我只到了长沙。自从1955年来到了长沙，我的哮喘就没有出现过一次。我父亲说："这是因为换了水土。"湘江的水，麓山的土，把我养大。长沙也成了我的福地。我的父亲为我在长沙身体更好了而十分高兴。从此，我在长沙读书、教书、写书，当校长，在这里安家立业。

然而，天门是我老家。两个儿子填写籍贯时，都是写的"湖北天门"。天门，天门，上天开启的门，那里有我的根，那里有我的魂，我从这扇门走到了如今。

我在湖南生活了65年，对湖南的了解远超过对湖北的了解。然而，每当听到《龙船调》，我的思绪就回到了湖北。看着在武汉举行的军运会格外高兴，看到武汉的新冠肺炎疫情，总是心急如焚。杨洪基首唱、谷建芬作曲的《滚滚长江东逝水》，一直流淌在我心头。"牵着你的手，相别在黄鹤楼"（《烟花三月》中的词），听着这样一些歌曲，我都感到无限亲切，那是来自我父母家乡的歌，从龟山飘过来的歌。

这些歌，也是当年从父亲那里学来的《松花江上》《义勇军进行曲》的延续。如今，我会唱的歌已超过了两千首，但这全都可以视为小时候从父亲那里学来的歌的延续。

虽然我已经作词谱曲了23首歌，然而，要再谱一首名为"父亲"的歌，不太可能了。很难写出筷子兄弟和阿宝所演唱过的《父亲》那样的歌了。那么动听，那么动人！更一般地说，人并不是在任何时候想做任何事都可以做成的。那真的只有神仙才能做到。

父亲要我向南行，我遵从了。历史证明，这对于我一生都十分重要。湖南、湖北，论气候相差无几。却如我父亲所说的那样，换了水土，相差就很大了。当年，我从武昌坐火车到长沙，358公里，走了12小时，每小时30公里，如今只需90多分钟了。变化之巨大可用天翻地覆、沧海桑田来形容，时代大大地进步了，社会大大地发展了，中国大大地繁荣起来了，用日新月异来形容还不够。

那时，我挑着一担行李，走到自卑亭时，扁担丢失了，只好用手提行李，去岳麓书院报到。那时候，我们学校的办公楼就在岳麓书院。以后才逐渐向北移了。如今，学校有个小村叫北村，它地处今日学校的南端。不明白历史的人就难以理解：为什么北村在南端？一切在历史中，只有历史才能告知我们是怎样走过来的。如果就学科门类的"家"而言，如文学家、科学家，如物理学家、化学家、天文学家、生物学家，我最敬佩的是历史学家，如陈寅恪、翦伯赞等，还有章开沅、林增平。林增平是湖南师范大学的一位历史学家。如今的莫任南、韦杰廷等也是我十分尊敬的历史学教授。我本人的历史知识可谓贫乏，知道一些专门史，例如教育史、课程史、管理学史、数学史、哲学史，但这都是专门史。中国通史、世界通史，我就知之甚少了。也常常去弥补，但这是需要童子功的，完全补上来，难了。

少壮不努力，老大徒伤悲。念中学时考历史得了57分，让我刻骨铭心，对不起历史啊。

在长沙生活了65年，长沙话的一个字一个字我都咬得准，一连起来就不是长沙话了。在武汉也生活了5年半，武汉话一个字一个字也能说一些，连起来也不会说了。讲得好听一点，是乡音未改；讲得不好听一点，就是语言能力差。我的语言基调还是湖北沔阳腔。这一基调是从父母那里来的，改不了，也不必改了。永远把父母说的话一直说下去，直至来生来世肯定还是这个腔调。

在我任校长期间，举行过一次大型文学评论的学术会议。说英语的国家，英国、美国、加拿大、澳大利亚、新西兰，都有代表来出席，非英语国家也有代表。这是学术性的会议，我们是东道主，所以，作为校长我觉得自己应当用英语发表演讲。讲话的开头和结尾，他们听没听懂都会有掌声的。中间还有三次鼓掌呢，那就肯定是听懂了。平生第一次用英语发表学术演讲，实乃人生一件大事啊。

大学念书期间是"一边倒"的时候，都学俄文，学了三年，也能俄译汉了。英语是后来学的，也达到了看数学专业书籍的水平。然而，也不过如此而已。

虽然我名义上学了两门外语，但水平就只有那样。不过，这在提高我的文化素养方面，还是大有帮助的。硕士、大师，都是 master；医生、博士，都是 doctor；大学校长、总统，都是 president；英语里，am、are、is，都是"是"，三者都不同。一种语言，一种文化，一扇天窗，都可引领我们进入到一个更开阔的世界。

我的父母，印尼语都说得很好。只要到了那个国家，在那种环境下，总会学好当地语言的。

然而，周定之老师访问美国时，说一口流利的英语。美国朋友问她是在哪个英语国家学的。她回答说，我是在中国学的，在武汉大学学的。这表明，学习地道的外语，也不一定非到相应的母语国家去学不可。周老师有武汉良好的教育，又有她自己的语言天赋，先天的赋予，再加上后天的学习，这就足够了。

说来，还有一些相关的故事。周老师60岁那年患心脏病，是我安排她在中医院住院治疗的。

在周老师退休后不久，急于想发展文科的中南大学打算改变纯工科的局面，就立即聘请了周老师。周老师对我说，要将她的档案也转入中南大学。我对周老师说，你去中南大学，但是档案还需放在湖南师范大学。并且，我们还必须继续给你发工资，您为师大工作了数十年，贡献多多，我们不可能让您一走了之的。至于中南大学也给您发工资，那是他们肯定也会做的。结果，周老师在中南大学工作不到半年，就要回来。为什么呢？在中南大学，她可敬，但无法在短时间内可亲，毕竟还是人生地不熟啊。当她回到师大的时候，则是可敬可亲，有人跟她聊天，有人随时可以帮助她。当她决定回来后，什么手续都不要办。后来，她和她的子女都很感谢我。可是，我绝不是为了被感谢，而只是凭我的良知在做事。岂止对周定之老师是这样，我对所有的教职员工都是如此做的。

周定之老师95岁高龄才谢世。此时已不在任的我，给这位可敬的长者送去了花圈。

周定之，张文庭，赵甄陶，刘重德，申恩荣，这是我们学校英语学科的顶梁柱，我一直怀念着他们。

在我任校长期间，35岁以上的教师，我都喊得出全名。有人说我是记忆力好。其实，主要是一种责任。我有责任记住这些同我一起建设这所大学的人，否则，我既对不起这些人，也对不起学校。第一次见面自然不知名和姓，第二次就应知姓了，第三次就该喊得出全名了。否则，教师就会觉得校长心中没有我。而这种状况是我最不愿意看到的，我岂能心中无教师，岂能目中无人啊。

我和全校的师生员工在相当长的一段时间里建设了这所大学。如今，我可以斗胆地说，我没有愧对师生员工，没有愧对这所大学，没有愧对我的父母和我伟大的民族。在祖国的大地上，我勤勤恳恳工作了，耕耘了。回首往事，不因碌碌无为而悔恨。少壮不努力，老大徒伤悲。少壮时，我努力了。

根据我的体悟，我常常对一些新上任的校长说：当好一任校长，此生足矣！

自己读书、教书、写书，还带一帮人一道读书、教书、写书，何乐而不为啊。这又是何等幸运的事啊。我先后担任了两所高校的校长，都做得还可以。这也相当于活出了两辈子。再加上我还写下了那么多文字作品，活出三四辈子来了，还能不知足吗？

人生自古谁无死，主要还在于死前怎样活着。每个人都只能在这个世界上走一趟。不一定轰轰烈烈，在许多情况下，平平淡淡也是真。非凡在平凡之中。

· 我的父亲 ·

我大学同班同学雷显亮对我说，他的目标是活一百岁，并问我："你的目标?"我即答："活一天，算一天；做和尚，做一天和尚撞一天钟。"和尚就是撞钟的，我每天撞钟。雷显亮说："你的目标怎么这样低啊?"我应道："这还不高吗？你活一百岁不也是活一天算一天吗?""如果我不小心，万一活到一百岁，就再多活一天，活到一百岁零一天了，超过你的目标了。"雷显亮啊，我的好同学，他也不再说什么了。同学每五年、十年、十五年、二十年……都是由他组织当年同学聚会。如今，已不再有人组织了。都七老八十了，下辈子再聚吧。

人的生命也有一个相对论，是可以拉长，也可以缩短的。这个相对论的主宰者，是每个人自己。消磨时光，活了一百年，也等于零；爱惜时光，就是另外一回事了。

我个人已写了 150 本书，四千多万字。假定是从 20 岁开始写，一年写一本，我已活到 170 岁了！还当了 30 年校长，折半，算 15 年，又多活出 15 年了，共计活了 185 岁。估计，我此生还能写出十本来，如此这般，在离开这个世界时，我就可以向自己的父母汇报了：儿子已写出了 160 部著作，感谢你生我、养我、培育了我。

我已经写下了四千多万字，考虑到我还不间断地教书、讲课、作学术报告，再考虑到我还在很长的时间里从事行政管理工作，这样，我平均每天写一千五百字就差不多了。如此一算，四千多万字就需要两万多，近三万天了。三万天，约 80 多年了。从几岁起就开始写书，那是神童。我是 42 岁时才开始写第一本书的。到今天，也就是 40 年刚出头。这样，我就是在 40 年里，做了 80 年的事。效率还可以吧。

关于从政

我的父亲嘱咐我不要从政。1986年11月4日，确实出现了一个从政的机会，走仕途的机会。此刻，我似乎立即听到了父亲的呼唤。所以，我委婉地谢绝了。

父亲为什么交代我不从政，对此，我也没有问过。反正，不问也记在心里，也听得进去。

话说回来，我们这么大的国家，是需要有人从政的，是需要有一批政治家的。事实上，我们国家也不乏杰出的政治家。他们很好地在治理我们国家，将国家引向复兴之路。

毕竟，从政的人只需要那么多，还需要有从商的、从企的、从军的、务农的、从学的。

我选择了从学。校长不是官吗？不是在从政吗？不是，的确不是。我还发表过一篇论文《校长不是官》。

中国学者界定，夺取政权，巩固政权，为老百姓办事，这就是政治。政治就是指这些。

西方学者界定，政府的内政、外交、司法、执法，这就是政治。中西学者的界定相近。

由此看来，学校无政治。由此看来，校长不是官，校长只是老师的首席，只是师生员工的代表。正因为这样理解校长工作，所以，在任职时，我一路走在正道上，没有偏离过，从未有过官架子，自然也从未有过官腔官调官样子。平民一生，一生平民。因此，有人说我平易近人。

官，只存在于两个地方，一个是军队，一个是政府。在军队里，是军官，团长、师长、军长等。在政府里，是部长、局长、司长，是省长、市长、县长，还有总理或首长。商店里，工厂里，农场里，学校里，保育院里，养老院里，都没有什么官。

在我任学校主要负责人（书记、校长一肩挑）时，进行了全方位的改革。教学改革，科研体制的改革，人事上的改革，行政人员的有关制度的改革。有一项改革就叫做去行政化，即去官化。聂南溪问我："我是什么级？"我答道："你是院长级。"他又问："我是什么级？"我又重复地作了回答。他的意思我明白，是想要确定他是正处级。我进一步解释说，你是院长级，我是校长级，这就足够了，比处级、厅级好听得多。全校唯有九位副处级干部级别未动，他们是靠这个级别拿工资的。改革不能端了别人的饭碗。

以上这一切，我都写在《改革路上》一书中。主编这一书的周洪宇先生还据此称我为"改革家"。又多了一个"家"的雅号。当然，我只是在教育领域，只是在两所学校内进行了改革。在更大范围内的改革，不是我所能为之的。各就各位，各自做好自己。

我没有走仕途，走的是"士途"。这很符合我父亲的愿望。我就是士大夫一个。至于校长，我一再地说了，那不过是一名士大夫带领一群士大夫在工作。还是那句话，人各有志。人过一百，各形各色；人过一十，各行其是；人过仨，不一般。天上掉下来的两片雪花没有完全雷同的，何况是人与人呢。

"博士考生"，四个字，考上了就去掉一个字，成了"博士生"。生的煮熟了，再去掉一个字，成了博士。有一位博士考生，不是报考我的，但我负责面试。我提了一个问题："有一个培养目标，就是将学生自己培养成自己。你可以评价这一目标吗?"他立即作出了评价："怎么能把自己培养成自己呢?"以问作答。"你不把自己培养成自己，是培养成什么人呢?""我把自己培养成周恩来式的人、雷锋式的人。""那还只是'式'，还只是那样子，不还是你自己吗?"他坚持着，说道："我要把自己培养成社会主义事业的接班人。"我又问："你估计是接谁的班? 估计是谁为你交班?"这一下，他实在答不出了，无言以对了。

说到这里，我感慨万千：怎么会这样呢? 自我意识有多么重要啊，自己认识自己有多么重要啊。并且，认识我，催促我，鼓励我，鞭策我，也是特别不容易的。

不是有一个人们交口称赞的忘我精神吗? 忘我的前提是有我，如果无我，拿什么忘? 如果"我"不多，"我"不丰富，可忘的我也很可怜，没多少可忘的。"忘物"也如此，物上的富有是可忘的前提，一贫如洗，说忘物有什么意义?

在巨富中死去，是一种耻辱（卡内基语）。这里"巨富"指物质财富。所以，我想补充一句："在巨额的精神财富中死去，是一种荣光。""知足常乐"是指物质生活方面的；在精神生活上，在知识上，在情意上，能知足常乐吗? 何时知足，就在何时止步不前了。人有一颗心，人主要是活在精神之中的，人是灵魂的升华。

·我的父亲·

物质与精神是有密切联系的，却又如此不同，因不同，我们才去论联系。本是一回事了，还论什么联系？联系有本质联系、普遍联系之说，其实，这都需要具体问题具体分析。牵强附会的话，那可以叫做风马牛不相及，有何本质联系，又有什么普遍联系可言。讨论问题，即使是讨论理论问题、哲学问题，也切忌空对空。

无论何人，无论在什么样的发展水平上，人的生产都包括了物质和精神上的投入。农耕时代，农民也要知晓季节，知晓何时育种，何时下种，何时收割，如何加工，如何储藏。这就既有体力，又有脑力的投入。即使到了信息经济时代，也还有白领工人、蓝领工人，无论白领还是蓝领，都不只是纯粹的物质劳动，也不只是纯粹的精神劳动。我个人算是主要从事精神生产的吧，花的体力也不少啊。高度的近视与视力的消耗有关，严重的颈椎病与长期的伏案工作有关，咽喉炎与大量的口语表达有关。这都是在精神生产过程中付出的体力。有获得就会有付出，没有什么天上掉下来的馅饼，没有只收获而不付出的。

我的信条是多 give（给予），少 take（索取）。

我的信念是：上天派我们到人间来，为让我们受苦的。甜从苦来，苦是根，是底。

有言道：吃得苦中苦，方为人上人。我自己觉得，应当是：吃得苦中苦，方为人中人，不能在人之上。即使你文化水平再高，资历再深，也不管你地位有多高，你还是平等中的一员。在有人认为矮我三分时，我一定会放下身段，跟他一样高。人生而自由，生而平等，是我深信不疑的信条，并且在践行中从未偏离过。

我写下了那么多的书，发表了那么多的论文，还写了那么多首诗，讲过那么多的课，作过那么多的学术演讲，会唱那么多首歌，然而，我还是我，平凡之中有一点点非凡。无论"天才"、"大师"，这个"家"、那个"家"加在我头上，无论加在我头上的有多少道光环，我还是我，平民一生，一生平民，一颗永永远远的平民心、平民魂。穿靴戴帽的事与我无关，我一辈子未穿过靴，也基本上未戴过帽。亦曾短时间戴过帽，戴了之后，头就特别痒。几十年没戴过帽了，无论天气有多冷，无论多少实的帽，无论多少虚的帽，都没有可能把我压垮。

未从政而一直从学，才有上述的那些"那么多"。这表明，那是适合我所走的一条路。人各有长，人各有志，各个人做出各个人的选择。好在今天的时代让人有了更多选择的机会，实在发觉所选择的并不十分切合自己，也还有转换的机会。

再说象棋

我跟刘兴渺下过 8 盘棋，我 6 比 2 领先于他。

跟李维琦下过一盘，1 比 0。他走棋太慢太慢，胜了他一盘之后，我再也不跟他下了。

跟我内弟下过一盘，0 比 1 输给了他。

跟湖南师范大学的冠军李长发下过两盘，我 2：0 取胜。这样，我就应当是学校的无冕之王了。我哪里会在意什么王不王啊，玩玩而已，作为一种休闲看待而已。

累计下过 12 盘，9：3，胜多负少，战绩勉强还过得去。何况还有"胜负乃兵家之常事"呢。

有人问我是否看过关于下棋技巧的书。连学术著作都看不过来，还看什么棋书啊？下棋是动脑筋的事，做学问又花脑筋，不平衡了。为适当平衡，我就打球。篮球、排球、足球都打过，然而，运动天赋实在太差，三大球一样也不行。总要做点体育运动吧,就选择了打乒乓球。打乒乓球的最大优点是没有身体接触,安全。这项运动还很适合我。

三十多年前,当时 50 岁左右的一批人在一起打乒乓球,还设立了一个"天命杯"(五十知天命)。第一届,我拿了冠军;第二届我又拿了冠军。这样,就再没有延续下去了,这个"杯"就是为你一人设置的吗?何况,我们也渐渐离天命之年而远去了。

我打乒乓球一直打到了满 83 岁,就到孟子的年龄了,该挂拍了。正是在 2020 年 2 月,从此告别乒坛。如今的运动项目就只有散步这一桩了。再过一些年,散步可能也困难,到那时,估计我距离到西天去看我父母的时间就很近了。

眼下,只要不痴呆,我的学术工作就不会停止,甚至也还会一直站在三尺讲台旁。

熊继承、唐桥是我博士生的关门弟子,韩燕平是我硕士生的关门弟子。然而,我教书,我讲课的门还会一直开着的,直到脚也迈不动、哪儿都去不了。

下棋的那么一点点功夫,还是儿时从父亲那里学来的,也不至于再去专门学习了。

下象棋给我带来的最大好处,是预见性的增强。想象力、预判力的增强,是无可替代的好处。

下象棋,看一步走一步,是一般般的水平;看两步走一步,这就有较高水平了;看三步走一步,是更高的水平了。如果对整盘棋有个设计,那可能是象棋大师了。胡荣华是中国象棋特级大师,这不只是喊出来的,中国象棋协会正式授予他这样的称号。真是行行出状元,行行有大师,八仙过海,各显神通。

教职工评价我时,常说:"张校长当初所做的事,我们往往要在三五年之后,才看得出他最初是怎样想的。"殊不知,象棋激发了我的预料力，象棋锻炼了我的预见力。小时候从父亲那里学到的象棋，学到的棋术，想不到在我的行政管理工作中，竟然发挥了这么大的作用。不过，我想我的父亲早已预料到了这一点。

像诸葛亮那样料事如神，还是不容易的，诸葛亮这样的典型人物，想必是经过了加工的。不过，艺术家们的提升，本身也是生活。三个臭皮匠，顶个诸葛亮，这是民间存在的一个信念。还有"三人行，必有我师"，所表达的意思是，只要善于学习，就处处有师。

我们学校进入"211工程"，出乎校内外许多人的意料。却在我们自己的想象之中。

我们所走的是过程，我们所做的是耕耘，结果则是水到渠成、马到成功的。换句话说，我们所注重的，是因，是故；有了因和故，自然会结出果实来。想的是目标，是结果，是收获；做的却是耕耘，是走好过程。

天道酬勤，我们相信天，如同相信我们自己。我们相信天公地道，我们更相信自己能想到、做到。这就是天人合一，是我们中国古典哲学的精华之所在。

对于我们能进入"211工程"，最了解这一过程的，除了我们那个团队外，应当是当时主管"211工程"的国家教育部主要负责人韦钰了。她两次考察我们学校，十分深入。在两次考察后，她当机立断：湖南省属院校中，进入"211工程"的就是湖南师范大学了。韦钰见证了我们那帮子人奋斗的历程。

好汉不提当年勇，我们几条汉子，刘志辉、陈钧、戴海、罗维治、龚维忠，还有稍后的蒋冀骋、张国骥等，造就了我们学校当年的历史。提一提当年，绝不是为了炫耀，而只是回味。"往事只能回味，你又添了新岁（一首歌中的词）。"我们在回味过往时，欣赏地看，今日的蒋洪新、刘起军等人又在带领学校扬帆起程了。

我叙及这些，是在向自己远去的父母汇报啊，向他们的在天之灵汇报啊，儿子在努力哩。想不到当年跟父亲学下象棋，对我今天从事学校行政管理工作会有这么大的好处，在行政中，我也成了走一步能看两步，甚至走一步能看三步的"棋手"。下棋，打麻将，当年我还会打纸牌，这都是娱乐项目，只是为了娱乐，为了好玩，都发展了智慧，增强了见识，增加了知识。当初，玩这些东西的时候，不必想那么多目的。基于这样一些体会，早一些年，我还发表过一篇论文《玩是一种不可替代的学习》。并且也以此教育孩子，他们在学校读书，回家我就带着他们玩。这成了我们有效的家庭教育中十分重要的一部分。

有人以为，"玩"字是王字旁，"元"就是钱，于是，玩就是有钱的公子哥儿们的事。然而，这是一个莫大的误会。其实，"玩"字是玉字旁，是瑰宝，是璀璨夺目的宝贝；至于"元"，可解释的东西就更多了。公元第一年是元年，一年的第一个月叫元月，一年的第一天叫元旦；一个国家的最高领导人叫元首，最高的军衔是元帅；村上最资深的人叫做元老，备受尊敬。当然，最坏的那个人就叫做元凶了。"元"字是含有原初、原本、原来等意思的，十分丰富啊。

读书读到玩的味道来了，写书写到玩的味道来了，做事做出玩的味道来了，辗转于手掌之中了，这是一种至高的境界。教书也教出玩的味道来了，容易吗？你试试看，看有没有玩的味道？熟能生巧，熟到玩的地步了，"巧"就出来了。

实际上，一件事情要想做到娴熟的地步，是需经历艰辛困苦的，没有那么便宜的事，便宜不是货。我的学术写作，发展到今天似乎是很自然、很容易地流淌着的，其实也经历了千辛万苦，才把笔头子练到今天这个样子。人要达到一定的高度，无论做什么事，都是要打磨的。思想、想象之类也要千锤百炼。

想来，我的父亲只读了四年书，达到能用拉丁文开处方的地步，必定是经过了千辛万苦的。只不过，在我们后人看来似乎很容易就达到了。我的母亲能做半个医生，也绝非易事。除了他们的天分外，各种艰辛都是要经历的。

我的父亲，亲兄弟姐妹六人。两个姑妈之外，我父亲在兄弟中排行第三，我们按湖北天门、沔阳一带的习惯，喊他三爷。我们所有的兄弟姐妹都这样喊他，我们永远的父亲，永远的三爷。比我母亲小的姨妈，我们喊她"二爷"，她把我们弟兄都当做自己的亲生儿子一样。到如今，我的兄弟姐妹都十分怀念二爷。

今年（2021年）是我父母的120周年诞辰，我谨以此书来纪念他们，缅怀他们。他们是20世纪的同龄人。

俱往矣！我们一代一代人走过了或正在走着，走完来到这个世界的、长短不一的一趟。

今天，有不少人称我为教育家，这个"家"、那个"家"，真不少；还有什么天才，这个大师、那个大师，旗帜性人物，教育界的灵魂人物，等等。其实，最早看到我还比较聪明的，是我的父亲。只不过，他不可能给我那么多的称呼，最好的称呼就是"六儿"。大约可以盖棺论定了，我没有辜负父亲的信任，没有枉对他的鼓励。

终归一句话，今天人们给我的一切点赞，也都是在点赞我的父母双亲。当然，也是在点赞这个时代，我是这个时代造就的。还要点赞从小学到中学，到大学，数十位教育了我的老师，还有我无数的好朋友。有一点，我需要特别强调，在我的学生中，对我帮助最大的一些人，文兰芳、文东茅、周光礼、肖维、刘颖洁、高晓清、常思亮、燕良轼、刘宇文、杨莉君等，这是一个开不完的清单。

这里，我还对帮助过我的一些好朋友，也开出一个不完整的清单来。他们是岳青、眭依凡、杨德广、刘献君、张文祥、邬大光、王义遒、胡显章、张应强等。对于一些批斗过我、整过我的人，我真的一点怨言也没有，他们给了我一些必要的锻炼机会。顺境固然好，若没有经历过逆境，也难以知晓顺境的味道。

当我说一些"左"派朋友时，真诚地视他们为朋友，他们或许不知，但我心中有底。我为什么会这样看呢？实际上，既然有一条路线在那里，势必就会有一些人遵循和执行，于是这些人就成了相应的什么派。因此，我就觉得情有可原，无论在什么问题上，总有一些人看得比较恰如其分，而又有一些人看过了头，于是就有"左中右"。在我看来，政治上划分"左右"，是应当格外谨慎的。即使"左"，即使过头了，也应当包容。所以，我之所以说"左"派朋友，是由衷的。

厚道之源

有一位智者，提出了宽厚、宽待、宽松，以宽厚之心厚待他人，形成宽松的环境。这就是史上简称的"三宽"。然而，在那个特殊的年代里，是不能容许"三宽"的。

高晓清教授在说到我的性格、人格时，用"厚道"二字作了概括。这可能是她和其他一些人跟我长期共事所形成的印象，不少人同她一样有此感觉。厚道在哪里呢？对此，我自然不会去问的。高晓清、常思亮、汪植英、钟毅平、宋明、周莹等人都是这样看的，自1982年转入教育科学学院工作以来，我们长期共事，快40年的时间了，彼此也应当是相当了解了，不只是了解学术工作，也了解了性格之类，用不着谁提醒，彼此之间，就自自然然地、多半是无意地观察着。

我厚道到了什么地步呢？我几乎可以容忍一切，容纳一切，除了对侵略者、对那些刽子手外。正是,海纳百川,有容乃大。可是,这正是同一件事的两个方面。跟侵略者不共戴天的仇,和对自己同胞的无限热爱,是同在的,相辅相成的。

从1957年以后,每次运动中我都是运动对象,都是挨批的,一贯的右,成了老"运动员"。当然,我对此无怨无悔。当1979年程万高通知说给我"平反"时,我感谢他,却一点也没有激动不已。每当我感谢程万高时,他总是说:"你感谢我干什么,我只是通知你。"当然,我知道,做决定的不是他;可是我也用不着再去感谢作决定的人。显然,我还会感谢这个时代,感谢我们社会发展了,进步了。我真的不觉得历史曾经亏待了我。尽管我在同辈人中去农村接受再教育是最多的,我依然从积极的方面,从正面来看待这些事。三次去湘西,让我学到了许多书本上学不到的东西;让我的心跟自己的同胞、跟自己伟大的民族,贴得更紧了。

我想,我的这种心态,跟"阿Q"精神无关。我将自己的命运跟民族联系在一起,这就是我的力量之源。无论经历了怎样的苦难,历史证明,我挺过来了,成长起来了。宰相肚里可撑船,我的肚里可开航母,相信这不是吹牛。我还认为,一个人的心胸是可以自我拓宽的。我不断地拓宽,又拓宽,所以能开航母了。

许多人是从结果上看我的,这也很自然。可是,就我自己而言,看重的是过程,是修炼的过程,是耕耘的过程。甚至于,我只问耕耘,而不问收获。收获是俯首即拾,水到渠成。功夫花在过程中,功夫不负有心人,那就是一颗勤于耕耘的心。上天有眼,天道酬勤,大自然不会亏待任何付出了的人,奋发过的人。

我会感恩父母,感恩亲朋好友,还感谢学生。如今,我还学会了感恩大自然。我觉得这是自己的一个很大的进步,一次大彻大悟，明白了大自然之恩惠。大自然缔造了我们，大自然以自身的神奇缔造了神奇的人，这是我们最应当感谢的。

在无数的星球中，有一个银河系；在银河边上，有一个小星系，太阳系；太阳系中九兄弟，地球是其中之一。地球得天独厚，三百八十多万年前，这个星球上竟然奇迹般地出现了人。有了人，就开始书写历史，创造历史。人不只为自己写下历史，还为动物、植物及其他生命写下历史，并且为物质世界、为天体写历史，人从大自然那里获得了神奇，它就有义务为一切写下历史，在此中，人也进一步创造历史。

我十分敬佩科学家、哲学家、思想家、艺术家，现在，我也进了一步，最该敬佩的是历史学家，如陈寅恪，翦伯赞，还有章开沅，以及本校的一位智者，一位历史学家林增平。一切尽在历史中，然而，唯有将其写下，记载下，才算不负历史。

我的厚道，也源自历史。记得小时候，父亲对我们说："你们兄弟姐妹多，就多拿几双眼睛看别人狠（因为张姓在我家乡是小姓，父亲希望我们可以更上进）。"对于这句话，我记得太牢了，以致成了我的厚道之源啊。

我父亲的这句话跟"阿Q"精神绝不是一回事。

当年，在我们那个小镇上，有姓陈的，姓李的，姓马的，姓肖的，姓涂的，但大姓是王姓、胡姓，其人口占百分之九十以上。姓张的，就我们一家，是小姓中的小姓。放在今天看，大姓、小姓还有什么关系？据说，世界上姓张的有八千万之多，算大姓了吧。可是，这种大姓或小姓还有多大意义？还有，巴金并不姓巴，曹禺并不姓曹，老舍并不姓老，鲁迅也不姓鲁。我的大儿子姓张，二儿子跟他的母亲姓，姓彭，这一切又有何妨？姓氏是祖传下来的，姓什么，也就听祖宗的了。

我的厚道，源自我的母亲。再追溯而上，源自我们民族，"和为贵"就是我们民族的传统之一。任教师，做学生，当校长，我自自然然地遵循了"和为贵"的传统，我喜欢一团和气，喜欢做"好好先生"。做校长时，还特别看重选用一些"团结人"的人。

我的厚道源于我的父母，我的祖先，我们民族。在后天，也与其他一些人的耳濡目染有关了。与中学时的同班同学罗谦怡就有密切关系。我和他不仅同班，而且同一课桌。有一次，我不慎将墨水泼出，将他的课本弄得一塌糊涂，他像什么事情也没有发生一样，将墨水轻轻拭去。如此宽容，如此厚道，让我现在还记忆犹新，从而也影响我，我也能宽容，我也很厚道了。这是在武汉三中念书时的情形。当年，我的国文老师张国魂、数学老师赵孝恭，也是厚道的典范。在我看来，从父母那里，从兄弟姐妹那里，从中学时期的同学老师那里，已奠定了我厚道的坚实基础。基础不牢，地动山摇；基础一牢，千好百好。

再说到大学念书了，这个阶段是我的厚道进一步巩固和发展的阶段。在中学时，我任武汉三中校学生会副主席。到了大学，我任班长，并且，八个学期都是由我任班长，在同学们眼中，我是不二人选。这八个学期的班长，甚至为我的一生奠定了良好的基础。由会当班长到会当校长，是一码事，都是"长"。从1982年到2000年的18年当中，在省府的眼里，我也成了校长的不二人选。实在是遇上了好时代。

做班长，是带领一班同学好好读书。做校长，是带领师生好好读书、好好教书，性质上是一样的，只是当校长的工作要复杂得多。起码有一桩不同，那就是当校长需要讨钱。张先生，讨学钱,向政府、向慈善集团讨学钱。现在,我们学校的图书馆叫逸夫图书馆,其中关键的一笔建设经费,就是我从邵逸夫先生那里讨来的。还有现在的教育科学学院大楼,叫做田家炳学院,其中的一笔关键资金,也是我从田家炳先生那里讨来的。我很会讨钱,除了我特别善于从政府办公楼的抽屉里弄钱回来外,还从邵先生、田先生那里弄到了钱。虔诚办学,潜心办学,是能感动上帝的,还不能感动对教育情有独钟的慈善家吗?

有一些慈善家看准了,向教育事业捐赠是最值得的,这是功在千秋的事。不过,他们也不是随便往水里丢钱的,他们要看往哪去投资最值得。学校有千所万所,哪一所最值得投?他们要投石问路的。历史证明,我们学校是最值得投的地方之一。

办学,只有钱是不行的;没有钱,也是万万不行的。有了钱,把钱用到刀刃上去。那"刀刃"在哪里呢?我深信,只要有了基本的办学经费的保障,我和我们团队就能把学校办好。

当年,我们不是靠口号去办学的,但信念、信条不可没有。那时,我们提出了"千方百计改善办学条件,千方百计建设一支高水平师资队伍"。这就是后来人们所说的"两个千方百计",不是十方十计,而是千方百计,想尽一切办法。

什么是刀刃?对于学校而言,师资,高水平的师资即"刀刃"。有了高水平师资,一切好办;没有高水平师资,一切免谈。办学校,说巧也巧,说不巧,也没有那么巧。怎么会不巧呢?能把大学办好的,有几家?怎么可以说巧呢?办学校,也就是靠那么几板斧。我甚至说过,一所大学是否办好了,只有一条标准:看教师是否在好好教书,学生是否在好好念书。一切崇高的、未来的理想,都始于足下:今日好好教书、读书。否则,就很可能是讲大话、讲空话、讲假话了（即假大空）。

一个小镇是否兴隆，也是既巧又不巧的，一个小镇如果有好商家，有好百货店，有好南货店，有像我父亲那样的好医生，就会兴隆，所以没有什么巧；然而，让这一切都具备，又谈何容易，所以还是蛮巧的。事情总是从两面、三面、多面看为好。

当校长也是既巧又不巧的。说不巧，就是有了高水平师资，一切好办；说巧，也就是那些高水平师资何以愿意到你的麾下，何以愿意加入你的团队来。你的学校就那么好吗？就那么有吸引力吗？我为什么要投奔你那里而去？别人是要选择的。

当年，我在校长办公会上提出了一个"引进百名博士"的计划。那时候，博士还很稀缺。物以稀为贵，很不容易引进的，那时的博士培养质量是普遍较高的。当我提出这一计划时，怀疑的眼光居多：我们能引进吗？能引进这么多吗？有那么多人愿意来吗？

我提出了引进一名博士的三个条件：第一，提供一万元的安家费；第二，配偶随调；第三，提供两室一厅的住房（租用性质）。这三条有吸引力吗？这是需要从当时的历史背景来看的。什么样的背景呢？我有必要在此作一个简单的说明。

当时，如果有了一百名博士，学校的面貌就会为之一新。殊不知，我们当时全校只有一位从事史学研究的国外留学归来的史学教授具有博士学位。

那时候，"万元户"就是有钱人家了。这些博士一来到我们这里就成了"万元户"，会没有吸引力吗？那些博士当年都是上山下乡的知青（知识青年的简称），配偶大都在农村，没有工作的，配偶随调怎么可能没有吸引力呢？当然也有"宁要北京一张床，不要南方一套房"的。然而，这毕竟是罕见的。南方，比如我们长沙，就相当不错，就是一片神奇的土地。

那个时候，我们学校要拿出一百万来，是十分不易的。然而，我们团队认为，勒紧裤带、举债也要弄出一百万来。后来，我们还归纳出来了一个"财从才来"的理论。有了人才，就不愁没有钱财。以后的发展进程，充分证明了我们理论的有效性。仅仅梁宋平教授一人的实验室，在三年多时间里，总资产就超过了一千万元。

我们曾预计，在五到六年时间里引进一百名博士，结果四年就达到了。《武汉晚报》曾发文，称我为中国炒博士的第一人。博士们也很感谢我张某人。其实，我们共同需要感谢的，还是这个时代，这个已经高度重视知识和知识分子的时代。

当年我在北京师范大学的校园里看到一些博士毕业生在那里发愁，博士"滞销"啊。然而，这正是我的机会，等到博士"行销"了，我们的竞争力未必对付得了。真是机不可失，时不再来。历史证明，我们是抓住了机遇的，抓住了天赐良机。我们还有一个"来去自由"的政策。有人质疑道：只有北大、清华可以来去自由，他们不愁无人问津。可是，在我看来，我们比北大、清华更需要"来去自由"，否则，别人到你这里来试试水的可能性也很小。凡来校的博士，当我会见他们的时候，总会说："请你来后观察一下，看这所学校是否适合于你，如果觉得适合就留下；如果觉得不适合，你就离开，我还会为你送行。"这也算厚道吧。

清华大学要调走我们的卢风博士，我们团队里的人就不同意放行。我就不得不劝告我的同仁们："是来去都自由，不能只有来自由而无去自由的吧？"于是，就为卢风送行了。我还进一步提出了:"凡北大、清华、武大、复旦要人,我们一律放。"

结果反倒是没有多少人要走了。还有一个我未曾料到的结果:人事处的工作作风大变了。以前是靠卡人,无需什么本领;现在卡不住了,主动权在别人手里,于是,他们格外努力地为这些人服务,还想出了一个"一条龙"服务,当有人来校报到时,就无需到处拜码头了,人事处为他一揽子办好了各项手续。正所谓"机制比人强"啊。有人说我张某料事如神,其实,哪有那么神啊?

厚道的延伸

从父亲那里继承下来的厚道,在我身上继续延伸着,延伸到了校长工作中。我先后任两所高校的一把手,再加名誉校长四年,共计30年之久。时代选择了我,我也选择了这个时代的赐予。在这样长的时间里,你能混吗?混得下去吗?那么多的人会容许你混吗?实在要说混也行,不过,我混得还可以,还混出了不少名堂来了。不仅如此,据说,我还成了近70年里,中国最优秀的三位校长之一。与此相伴,各种各样的"家"的称呼也接踵而来,蜂拥而至,还有几个"大师"的称号。我头上被戴的"帽子",足有二十多顶,也不担心压坏我。我被很多很多人盯上了,显然,这种盯,与我从事学术工作和行政工作没有关系。无论有无人盯着,我都一样行事,这跟目中无人也毫不相干。

是什么让我做校长工作这么久?从结果上

看，当然是做得还可以。从过程上看，可能有这样几点：（1）责任心，事业心；（2）能力和水平也还可以；（3）有众多的校内外人士支持我；（4）厚道。我也很喜欢那个"三宽"：宽厚、宽待、宽松，宽大无边啊。

那么多的"宽"，集中到一点，就是自由，就是写在了我们的核心价值观中的自由，这里，主要是指学术自由，探索真理的自由，还有为探索真理而争论的自由。争论之中，会有许多的诤友出现。台上争得面红耳赤，台下就是一群好朋友。

这里，我来说说自己在学术活动中和行政管理中的厚道和与之有关的一些问题。

在对学生讲课时，我从不问"你们听懂了没有"，而只是问"我讲明白了没有"，连你自己都没有讲明白，怎么好意思去问学生们听懂了没有。各司其职啊。

对于教书、写书，最重要的厚道依次是：教自己之所教、所想，把真学问传给学生，尽可能是新的、并且有学术含量的东西，让深刻的东西尽可能达到哲学的档次。从而，给学生的，不只是知识，还有智慧，智慧较之知识重要十倍以上。是授之以鱼，还是授之以渔？是授之以黄金，还是授之以炼金术？这些问题的正确答案，无人不知，无人不晓。用一句学术性更强的话说就是，给学生以再生产的能力。

较之知识，能力更重要；较之能力，智慧更重要；较之这一切，做人最重要，品格最重要。

在61年的教学生涯中，我有30年的行政工作经验。然而，在行政中，我从未停止教书、写书。并且，我觉得教学、学术研究，跟行政管理工作还是可以相互促进的。关于这件事，说来容易，做起来却不是那么轻松的。这不仅需要运筹，还需要良好的心理品质，比如说，需要有专注力，尤其需要注意转移的能力。

话说厚道，教学中我从未呵斥学生，责难学生，并且还从不说"不""不要""应该""应当""必须"一类的词。我的唯一所求，是让自己做好，做得好上加好。

在做校长的那么长的时间里，我的办公室是谁都可以破门而入的，并且，我一定会起身相迎，有"请坐"，只是不一定有茶水。那时候，我自己就是自带茶具的。

在那样漫长的时间里，我从未批评过任何师生员工。各位相信吗？不信也不行，因为那是事实，是历史，那已是定格下来了的。对很恶劣的表现，也不批评吗？当然也不例外，或许那是更加不值得去批评的。我认为自己真可谓无条件地厚道。

凌宇是中国当代文学领域里的二号人物，师从于北京大学王瑶先生。南京师范大学出高价聘请他，他爱人又是上海人，很愿意去南京。然而，凌宇不为所动。原因之一，是湖南师范大学能容纳这样一位清高的人，还有一个原因，就是他进我的办公室是不用敲门的，也就是破门而入。到了南京，这一切还会有吗？那里的校长会允许破门而入吗？士大夫实在不是几个钱的问题，会为五斗米折腰吗？

我从校长岗位卸任，至今已整整 20 年，我提醒各位：我是前校长、原校长，现在已经姓"前"了。得到的回答是：你是我们永远的校长。在校园里，40 岁以上的人，十个之中，有九个半喊我"张校长"，如今还加了一个"大"字："张大校长"。40 岁以下的教职工，只要认识我，也喊"张校长"。

我能力还比较强，水平还比较高，学问，也做得比较大，办学也还比较有成就，这是人们，还包括校内外、省内外许多熟悉我的人，至今依然喊我"张校长"的原因。当然，还需要加上一条：厚道。自然，上述这些是彼此联系着的。由于厚道，心胸宽广，所以能够从一件事迅速转移到另一件事上去。

我相信，人人都是可以超验的。我的父亲也不例外，他给人看病，要靠经验，但决不会只靠经验，他必有超验的地方。下象棋、打麻将很可能也提升了他的想象力、预判力，并将其运用到医务工作中去。人人都有可能超验，有些天才（如康德，如爱因斯坦），就是那种超验的天才，还有亚里士多德等人，他们真可以如黑格尔所说的那样，是人类的导师。我觉得，孔圣人、孟圣人，也是人类的导师。

我还深信这些人不仅是胸怀天下，心胸特别宽广的人，而且还是厚道待人的人。鼠肚鸡肠，有什么出息，心里装不下多少东西，自然是不可能走得多远的。

知识的宽厚，见识的宽广，心胸的宽阔，与人的厚道，是彼此紧密联系着的。

以现有的著作为标准，我所涉猎的学科有数学、心理学、教育学、高等教育学、课程学、管理学、伦理学、美学、文学、体育学、音乐学、哲学，其中，百分之九十以上是超验的。人的学术领域越宽，这一超验的比例越大，必然会更大的。

2001 年，眭依凡兄首称我为学问家。18 年之后，2019 年易建华兄加了一个"大"字：大学问家。易兄是定性的，眭依凡也是定性分析的结果，这都无碍他们这样说。

我还有个定量分析。

问过一万个问题的人，是相当有学问的人；问过五万个问题的，就堪称学问家了；问过十万个以上问题的人，是大学问家了。易兄，我问过十万个以上的问题吗？

学问，学问，是问出来的，问得多的人，必然学问多；问得深，学问深；问得精，学问精。

仅在我的《思想的流淌》一书中，就有三千多问。150部书，1800多篇论文，其中有多少问？我每次讲课或作学术演讲，都是装着一荷包问题上阵的。总计会有多少问？

如果我父亲的在天之灵知道有人称我为"大学问家"，他必定会万分高兴的，也会深信不疑的。

知识，见识，见解，学问，在这些相近的词中，学问一词更好，它将过程与结果统一起来了。学着问，是过程；结果就是有了学问。因知而识，因识而知，这都没有学问一词表达得那么好，那么贴切。汉语博大精深，其多样的表达方式也意味无穷。

我的厚道，从我的民族出发，从父亲那里出发，经过中学时，罗谦怡等同学的影响，再到大学念书时，与蒋光正、马伯钧、卿德阶、吴世泽等人的相处，我的厚道得以巩固和发展。做教师之后，又有恩师李盛华、杨少岩等人的言传身教，我的厚道就可以说是根深蒂固了。这就有了我永远的厚道，永远的中华文化传统。

我的厚道大大有利于我做校长，并且也在做校长的过程中进一步发展了我的厚道。

由于厚道，我从未对人发过脾气，没有了脾气。

由于厚道，我有极好的人缘，大家都乐于同我一道前行，一道建设自己的大学。

由于厚道，整个学校充满了和谐，专注于学术，两耳还闻窗外事，一心只读圣贤书。

由于厚道，我们学校持续、稳定、健康地发展，还出人意料地进入了"211工程"。

由于厚道，慈善家们都愿意向我们学校捐赠，他们希望将钱投到可稳定发展的地方去。

由于厚道，我们在校内外、省内外的关系都相当好，跟省府领导的关系尤其好，跟京城的教育行政管理部门的关系也特别好，他们对我们学校从未有少关照过。

由于厚道，我们能安安心心地读书、教书、写书，为了明天，为了未来，为了我们民族。

由于厚道，我们专注于培养人才。从我们这里，走出了文学家、哲学家、思想家、语言学家、企业家和优秀的政治家。有一届省委，七位常委中有四位是我们学校的校友。

我的厚道的形成，与功利目的毫不相干，它成了我的灵魂。至于因为厚道而客观上生成了那么多的好处，都只是意料之外，无所求而得之的，不期然而然的。

厚道待人，就是厚道待了自己。容纳了别人，就是容纳了自己。忘我而有我，忘物而有物。能将黄河、长江放在自己心里，那滚滚东去的浪涛，就会在自己的心中永远奔流不息。

宰相肚里能撑船，我的肚里能开航母。这不是吹牛。说吹牛也可以，有"牛"可吹嘛。为什么能开航母的呢？就因为厚道，因为不断容纳，不断地往里面装东西，所以就日益扩大了，扩大到可开航空母舰了，扩大到可装下江河湖海、天地日月了。人们给我这个"家"、那个"家"，这个"大师"、那个"大师"的称号，殊不知，这与我的厚道都是不无关系的。

一个特别的叮嘱

上大学前夕,母亲谢世。给我叮嘱的,就只有父亲了,还有兄弟姐妹、邻里乡亲。

我父亲的叮嘱,就一句话:大学期间不要谈恋爱。对他的叮嘱,我能听不进去吗?

有读书学习和恋爱两不误的吗?我没见过,我的父亲显然也不相信会有。能有吗?

那时候,兴跳交际舞。那是很"危险"的地方。有父亲的叮嘱在耳边,所以我不可去那"危险"之地的。许多人能歌善舞,我却只能歌而不善舞了。哪有样样都行的?多才多艺,也只是"多",而不可能"全",不可能有什么"全能"。体操中的"全能",也就是"四能""五能"。"一专多能"是许多领域里人们之所求,不可能"一专全能"的。

我始终觉得,全面发展是发展全面,走在相对全面的路上。全面发展是每个人自己的全面,因而是个性发展,是自由发展、和谐发展,向美的发展，求得美好、美妙、美满。

彭英和我，是 1966 年 6 月 2 日结婚的。再过四天，这事就会泡汤了。四天后，贴给我的大字报铺天盖地，贴满了整个学校的内马路，还贴到我的房屋门口来了。若是婚期在 6 月 6 号之后，能想象是什么结果。看起来，上天还是很关照我们的。

我说得太多了，"小辫子"也长得多。那时候，我不懂得"言多必失"的道理。现在懂了，却又不必担心言多必失了。还是选择言多吧。再说，当教师，不言多行吗？不仅要言多，还要言之有理，言而有信，有言的广度、深度、精度。

大字报这种东西已成了历史的沉淀。这种东西是可以不负责任的，"文责自负"对于写大字报的人没有任何意义。造谣、诽谤、置人于死地，都能干。还有什么大辩论、大批判，能有什么辩论，又有谁能批判，而又有谁只能有被批判的分。所有这些，都还伴随着假大空。俱往矣，今日的中国一切都恢复平静，正在以自己坚定而有力的步伐，走在民族复兴的康庄大道上，一往无前。

父亲的教导和叮嘱，让我在大学好好念了一年半的书；如果时局稳定，我本可好好地读四年书的。不过，有了那一年半的基础，对后来的影响还是长远的。历史是不能假设的，未来是可以预期的、假想的。从历史走向未来，是可以由自己把握的，外界的影响因子，自己可以掌控，因此尽管有外界的因素，命运还是可以自我把握的。尤其是今天这个时代，人们有了更多的机会，有了更多的选择。

父亲叮嘱我，是认为我会听从他，不会辜负他的。他对我满怀期待，并非望子成龙，而是望子成人，成为一个有文化修养的人，成为一个将"人"字越写越大的人。今天，看出我有些才能的人不少；然而，最先看出我比较有才华的，还是我的父亲。他是有根有据的，对我自幼就有不少观察的。这种观察既是长时间的，又是贴切的。父亲和许多好友看好我，也给了我无穷的动力。当然，他们不是为了给我动力而那样看的，那是无目的的，是无心插柳柳成荫。

在天上的父亲，如果看到他的儿媳妇是一位贤惠的、出身于名校武汉大学的高材生，肯定会无比地高兴。如果他知道，我的两个孩子，都上了北京大学，都拥有博士学位，都成了教授，都留过学，他也一定会万分高兴的。

父亲的一个叮嘱，对于我的一生是多么重要，并产生了多么长远的影响啊。

我觉得我父亲是真正的天才。只读了四年书就能用拉丁文开处方，不是天才吗？凭一己之力让所有的子女都读了书，不是天才吗？能让一些子女成为天才的人自己不是天才吗？对不少的本能进行预想、预判的人，自己不是天才吗？漂洋过海，到印度尼西亚做了十年医生，回国又做医生，不是天才是什么呢？

再说厚道

我的厚道究竟达到了什么程度呢?有三寸厚,还是三丈厚?无限厚吗?

念小学时,我有一个同班同学,名字叫雷宗慈,她哥哥叫雷宗哲,是我们的小学老师,她父亲叫雷敢。我拿她父亲的名字开玩笑,结果,雷宗哲老师竟然打了我。我哭着回家,父母见了,问为什么。我说了原因,父母说,开玩笑不能过头,不能开到长辈头上去。这是我生平第一次挨打,也是最后一次挨打。开玩笑的毛病现在仍然改不了,但有了分寸,懂得了尊重,礼貌。

小学里,四块木窗上写着四个大字:礼义廉耻,和家里的"天地君亲师"的牌位,为我的厚道奠定了基础。有了这厚实的、童年时期扎根的基础,就能够矢志不移了。撼泰山不易,撼我的厚道也十分不易,扎根于大地有千古之深啊。

· 我的父亲 ·

"啊"是一个感叹词。我为自己感叹,为父母感叹,为自己的厚道而感叹。

我所追求的人格是天高,所追求的品德是地厚,合起来,所追求的就是天高地厚了。

对于雷宗哲老师打了我,我一丝一毫也不计较,虽然他最好还是不要打学生。雷宗慈后来似乎是到湖南岳阳来工作了,但我们没有联系。我所记得的,是设在福音堂内的小学,是礼义廉耻四个大字。除了福音堂,我家乡那个小镇还有仁寿寺、曹公寺,还有下街的天主堂,那是浓浓的文化。当时,有神父骑着自行车从仙桃过来,我们看着很新奇,骑着自行车竟然有这么快啊,一下子就到了下街的天主堂。

就在这样一个很小的镇上,方圆可能不到一平方公里,佛教教堂,基督教堂,天主教堂,都有。我还记得仁寿寺里摆放着的菩萨。

往事如烟,往事也并不如烟,它们都还在我的心头。尤其是文化这东西,那是挥之不去的。

故乡,故乡,我的故乡在天门,我的故乡在沔阳,我的出生地在印尼。湖南长沙成了我的第二故乡。按生活时间的长短,按扎根的程度,湖南应是我的第一故乡了。"我的故乡在远方","大海是我故乡","故乡的云",故乡是我们心中永远的歌。

厚道是道,是自己去拓宽、去加厚的。虽然有民族文化传统的影响,但必得靠自己去习得,去修炼。没有什么是先天的,一成不变的,只有我们五千年的文明有资格叫做天;只有这种文明是亘古不变的,它永远养育着我们,一代又一代。

第三部分 我的亲朋好友

我的父亲

我与五哥、五嫂及其儿媳、孙女

百善孝为先

百善孝为先,这是我们的文化,中华文化。我们都孝,有些人更孝,更善孝。在送别先人时,我们有戴孝的传统,穿白衣、白褂,穿白鞋,戴白色头巾。

我们亲兄弟姐妹都孝敬父母,我的两个姐姐尤其孝顺。这是女性较之男性的众多优点之一。

在我们九兄弟姐妹之中,我也被公认为最孝顺者之一。小时候,当地婶婶叔叔也认为我孝。

父亲墓碑的碑文是我写后,征求各兄弟姐妹意见后定下来的。至今还耸立在父亲墓前。

父母的照片也是我放大,制作成镜框后,分送给兄弟姐妹各一幅的。当然,它也一直被安放在我书桌的正前方。我每天看望他们,祝他们安息,也常向他们汇报。也借此寄托我永远的哀思,永远的怀念,还有永远的眼泪,加

· 我的父亲 ·

上永远的奋发努力。我每天为他们祈祷，愿他们在西天无忧无虑，开开心心过好每一天，平平安安每一天。

孝敬的方式是多种多样的。好好读书、教书、写书是其一；努力修身养性是其二；努力做好行政管理工作，是其三；将自己的一切跟黄河、长江联系起来，是其四。总之，不枉对自己，不枉对工作，就是不枉对父母，不枉对民族。

我几乎将自己的一切活动，与孝敬父母和忠于自己的民族，紧密地联系在一起。同时，这种联系也是我的动力源泉。跟自己的民族连在一起的人，才是真正强大的。当我把学校的那一平方公里土地放在960万平方公里之中时，也是强大无比的。在此过程中，我亦势必努力挖掘自己一切可能的智慧。我常指着自己的头对自己说："上天和父母给我的这副脑袋，若不让它充分运转，就对不起上苍了。"历史已经证明，我至少已发掘出了自己百分之九十五以上的智慧。因为这是人的一种觉悟，所以，我也常帮助他人去尽力发掘，尤其是帮助我那一批又一批的学生。普遍智慧，决定社会的普遍进步，决定着各方面的繁荣发展。

我感到特别遗憾的，是没有在父亲生前将他接到长沙来住。这已是无法弥补的遗憾。将父母的照片挂在桌前，这样做也仅仅只能弥补这一遗憾的千万分之一。

忠孝仁爱，礼义廉耻，中华传统文化抚育了我。我的厚道，等等，都与此文化紧密相关。并且，我觉得这一切也都体现在我的父母身上，我也就直接从自己父母身上接受中华文化传统的教育。文化的力量是最为强大的，从我们这个家就可看到，感受到。中华文化，经过我们一代一代人心手相传，生生不息。

我们兄弟姐妹都孝，但他们认为我格外孝。父母在世时，我特别孝。父母去世后，我的孝转移到了尽可能帮助兄弟姐妹上。

先说大姐姐吧,她的大儿子长期住在长沙,我陪他看医生,治疗。大姐姐要我给她寄钱,我一分钱也不少,如数寄给她。大前年,我回湖北天门时,站在大姐姐坟前,我泪如雨下。

三哥去世时,我回湖北嘉鱼送了他最后一程。他的儿女后来向我寻求帮助时,我总是一一满足。记得有一次,他的女儿要八千元,相当于现在八万了吧,我也如数给了她。

二哥在台湾,15岁就参军,他在新一军,曾经在缅甸打击日本人,九死一生。父母常念记着他,生前一直不知二哥是否还在人间。1990年回大陆时,父母都已不在。此时,正好我的两个儿子都在北京大学读书,他们二人都去宾馆看望了从未谋面的二伯。此刻,二哥万分高兴。在我看来,二哥是大智大慧之人。他的经历,也是我们民族在现代的一个小小的缩影。当我1995年去台湾时,看到的二哥业已十分苍老。果不其然,他在七十岁时就告别了人间。虽然这也是古稀之年,可是,按今天的标准,实在不算稀罕了。二哥始终没有告诉我们他在军中的头衔。

二哥去世后,二嫂抚养着三个孩子。在我有一次访台时,二嫂给了我一千元台币。我谢谢她,同时对她说,我在台湾不需要用什么钱。兄弟情,手足情,万古长。

我的二姐在河南,她有一次搬家,需要我给她寄一万元去,我立即给她寄去了。

还有一点,我必须说。在我的兄弟姐妹需要帮助时,我爱人总是二话不说,一律如数寄出。虽然有时候我们也并不十分宽裕,还要抚养两个儿子。我们节衣缩食,连小孩子的衣服,有些是我爱人裁剪、制作的。高文化,也做高档的家务事。

我的父亲在那个特殊的时期曾割腕,被我四嫂发现,并救了他。四哥、四嫂都对父亲说,如果你以这样的方式走了,对儿女的消极影响更大。于是，我的父亲说，以后再苦再难也不走这条路了。写到这里，我不禁泪流满面，父亲啊，父亲！

父亲有幸活到了 82 岁，活到了拨乱反正之后。当我的二姐为父亲去世失声痛哭时，乡亲邻里都说：82 岁走了，还哭什么。意思是，82 岁已经很高龄、很长寿了。

当我们四弟兄抬着父亲的遗体，走过那条他生活了 45 年之久的街道时，家家户户燃放鞭炮，送走他们的好医生。永别了，我的大智大慧的父亲。待我有一天去了西天的时候，第一件事就是向你和母亲叩拜，每天都向你们请安、叩头。

神奇的大自然缔造了神奇的人，人又将自己的神奇还给大自然，让大自然更为神奇。大自然将所有的秘密放在了人身上，人不断地去揭晓这些神奇、神秘，却总也揭示不完。人总也不甘心不尽可能去认识自己的，无论有多么神秘。

1944 年，卡希尔写了一本《人论》，2015 年，我张某也出了一本《人论》，并且由文兰芳翻译成英语后，在卡希尔的故乡出版了。这都是在向最难的问题"人是什么"发出的挑战和应战。我深信，还会有第四部、第五部《人论》面世，去探讨我们人自身的神奇。

"我们只有一个地球"，此话是如此朴实，又是人大彻大悟的结果。其含义无限丰富。

在宇宙间，有一条河，那是牛郎和织女能一步跨过去的银河。银河的边上，有一个小星系，太阳系。太阳系有八个兄弟，地球是其一。太阳经过 4 亿年孕育，孕育出来了一个地球。一个最初的、初生的地球，其表面温度跟太阳的表面温度一样，都是六千度，就是一团火球，什么生命也没有，怎么可能有呢？

不知为什么，地球渐渐冷却下来。继而，有了微生物，有了绿色，有蠕体动物、脊椎动物、哺乳动物，最不可思议的，是有了人，有了意识。从此，一切巨大的变化都发生了；从此，开始了历史；从此，这世界就星罗棋布了；无数想象不到的奇迹都在陆续发生。宇宙大爆炸，物种大爆炸，知识大爆炸，随着人接踵而来。

最重要的变化之一，是地球生成了一个大气层，太阳不能再直射到地球上来了。如今，地球上任何一个地方的昼夜温差最大也不过三四十度。我们长沙，昼夜最大温差不过十几度。殊不知，月球上白天一百多度，晚间零下一百多度，什么生命也没有。为什么？它没有一个大气层。

并不亮的月亮，却寄托着人们许多美好的愿望。"月亮走，我也走"，"月亮代表我的心"。太阳是阳，月亮是阴，阴阳两在，就有了一切。月亮上还住着美丽的嫦娥呢！银幕上，还有一位给小朋友讲故事的"月亮姐姐"。实乃天人合一也。

对于新婚夫妇，是一拜天地，二拜父母，三才是夫妻对拜。中国人心中，总是天字第一号。孝敬父母也是天意，违反了天意，是要遭雷打的。我对自己父母的孝顺，也是自然遵循了天意的。不仅不会有雷打，上天还会为我拍手称快。

"当然的"

当我考上了大学时，父亲的第一反应是："那是当然的。"当得知我担任了高等数学教研室主任时，父亲的第一反应是"那是当然的"。当我担任了数学系主任时，他的反应依然是"那是当然的"。在我担任了主持工作的副校长时，他仍然说"那是当然的"。在父亲的心目中，我的这一切进展，似乎都是"当然的"。

如果父亲还在世，听到我担任了大学的一把手时，势必仍然说"那是当然的"。

如果父亲听到北大的喻岳青教授称我为教育家时，他也一定会说"那是当然的"。

假若父亲知道眭依凡博士称我为学问家时，我父亲肯定还会是那句话：当然的。什么哲学家、思想家、教育改革家、演说家、学术批判家，还有这个"大师"、那个"大师"，以及旗帜性人物，教育界的大家和灵魂人物，还有天才之美，在我父亲眼中那都是"当然的"，这不是假设、猜测，而是父亲对我无限的信任。实在说，我觉得自己也就是中华民族的一分子，炎黄子孙一个，一切的表现，也都是我对中华文化传统的继承，一切的成绩也都是黄河、长江的抚育，一切的一切，都归功于神州大地、湘楚大地。走着岸边的路，踩着麓山的土，前行，再前行。

人们对我这么多的肯定，我既在意，又不在意。都不在意，怎么听进去了，并且还记得；都在意，我还继续工作吗？可以躺下去了吗？说不在意，是因为各种人才自然会有的，不是张某，就是李某、王某……说在意，这个"张某"之中也有我这个"张某"。当然的事，偶然地落在了我的头上，偶然的事，在我父亲看来却又必然地出现在了我身上。

大江南北，大河上下，几千年文明的孕育，能不人才辈出吗？这个当然的讨论，又必定会由无数个偶然表现出来，以这样或那样的形式，在这些人或那些人身上体现出来。几千年文明浇灌出来的这片肥沃的土地，能不鲜花满地、硕果累累吗？

父亲在说"当然"的时候，既包含着一种预期，也包含了他的殷切期待和盼望。

如果父亲知道有人称我为改革家时，他也会说："那是当然的。"把改革也做到了"家"。

这里，不能不作一点说明。对于社会改革，我无能为力，那是政治家、社会活动家们的事。

我所进行的，是教育领域里的改革，并且也只是在一所大学内的改革，还只是我任职的那一段时期的改革。不过，也就在那段时期，我和我的团队写下了一段历史，那段历史已大致写在了《改革路上》这一著作中。又正是依据书中的事实，周洪宇先生认定我是一位改革家。在自己的这所大学里，我的改革真做到了

"家"。这种改革，是难，还是易？是特别难，还是特别易？还是不难也不易？

说易，那就是只要按大学的原貌去办大学，就足够了，没有这样做的，就改过来，改革也。

说难也难，积重难返，没有按大学的原貌去做，积习太深，陋习太重，改起来真不容易。

我十分高兴，我们没有愧对自己的大学，没有愧对师生员工，没有愧对那段历史。

我又十分遗憾，在那个时候，我没有看到第二家如我们这样进行了系统改革的大学。

改革毕竟是为了提高办学水平，我们的水平因改革而提高了吗？我们的学术更繁荣了，水平更高了，师资队伍更强了，自然学术成绩也更多了，整个学校朝气蓬勃，蒸蒸日上。这一改革的收获，还凝结在了让学校进入"211工程"这一点上，尽管今天已不再提这一类工程，然而，名声已在外："这是一所'211'大学。"

虽然时局给了所有大学同样的机遇，但是，对机遇的识别是不一样的；识别了，有没有充分抓住，也是不一样的；都抓住了，在效果上还可能不一样；效果上差不多，其可持续发展的状况，也可能不尽相同。人过一百，各形各色；人过一十，各行其是；人过三，不一般。对于大学，我们完全可以说同样的话。

凡哲学，都是个人的哲学，时代的哲学。

凡理论，都是个人的理论，时代的理论。

凡对大学的理解，都是相关个人的理解，又势必为相对的某个时期、时代的理解。

按父亲的理解，我被人称为哲学家、思想家、改革家，也是当然的。然而，他不一定能将我的这些可能跟时代联系起来，他很可能就是基于一种直感或直觉。在父亲眼中，似乎任何高度我都可以攀登，似乎什么领域我都能够涉猎，跟万能差不很多了。

无论怎样，父亲的信任对我是一种鼓舞，让我敢于去挑战自己，敢于去尝试。不过，真的不是万能，我的时间艺术还可以，空间艺术不行；我比较擅长思辨，却不擅长动手。眼高手高最好，我可能只属于那种眼比较高而手相当低的一类。

恰好，大学，University 意义下的大学，主要是解决思辨的问题。大学是特别能出特别的思想与特别的兴趣，按特别的思维方式，去解决特别的问题的特别地方。

我的父亲或许没有预料到我会成为大学校长，更没有可能料到我成为近几十年来最优秀的校长之一。然而，我想他的在天之灵，是一定会料到这一切的。

我的二哥

二哥是我的父母格外牵挂的一个。三哥6岁、二哥9岁时，就去了重庆儿童保育院。重庆保育院本来是收养抗战区的孤儿的。父母子女很多，逃难时也特别不容易。这样，二哥和三哥也就早早离开了沔阳，离开了父老乡亲。

二哥15岁就参军，从此杳无音讯。父母特别牵挂二哥的原因也是因为担心他的安全。在多年的时间里，我常听见父母在说："不知老二是否还活在人间？"张楚琦的名字，也就总在我耳边回荡。可怜天下父母心，可敬天下父母心，包括我父母的那颗心。

1948年，我在武昌养真小学念书。不知二哥是怎样知道我在养真小学念书的，看到他，留给我最深的印象是：我二哥是一位魁梧的军人。他给我买了一双蓝色的球鞋，叫回力鞋吧。于是，我第一次穿上了球鞋。此前，一直是穿母亲做的布鞋，雨天就穿木鞋。什么叫做手足情，从二哥身上我特别能体会到。

1948年的时局，已不允许他回沔阳家乡看望父母了。1986年，突然有一封从美国寄来的信，上面写着"中国湖北沔阳长埫口保安诊所张怀德敬启"。其实，这封信是在台湾写的，为了大陆亲属的安全，二哥刻意转从美国寄回。二哥虽然是军人出身，可是他十分心细。渐渐地，我们也就知道了他的情况，然而，最遗憾的是，1986年父母双亲都已离开了人间。1990年两岸关系改善，二哥也从台湾首度回到了大陆，我两个在北大就读的儿子去北京宾馆看望了他们的二伯。

1995年，他再度回大陆，这一次就住在武汉了。此次，除大哥外，所有的兄弟姐妹都汇集武汉看望他。二哥指定我跟他住同一套间，晚上为他捶背、排痰。开始我捶得较轻，他就要我大力捶，从此，我也明白了二哥呼吸道疾病的严重性。在艰苦卓绝的抗日战争中，在当时新一军作战地缅甸的恶劣气候下，我二哥九死一生，在抗战中立了军功。二哥的军龄足有25年以上，但他在军中的军衔一直未告诉过我们大陆的兄弟。

1995年，我已担任大学校长多年，对此，二哥特别高兴，似乎他也像父亲一样预料我能走得比较远。当我1998年再度去台湾时，看到二哥的健康状况更加恶化。不久，他在满70岁那年谢世。若不是那样一生颠沛流离，他肯定可以再活十年以上。从二哥的一生，我们也看到了自己的国家现代史的一个侧面，从我父母那里算起，我们家的历史几乎横贯了20世纪。

我深切地感受到，从父母那里，从兄弟姐妹那里，我更紧密地同自己的民族联系在了一起。

大约在4年前，我原本有机会去台湾为二哥上坟，但因种种缘故，未能成行，留下了一个遗憾。但我心中永远会记着二哥。

我的大姐

我的大姐名张培先。2017 年,我回到湖北天门,为大姐上坟时,泪如雨下。

我的姐夫徐暑昇,姑妈的儿子。我知道,近亲是不可以结婚的。后来,我才知道,暑昇哥并不是我姑妈的亲儿子。暑昇哥的亲生母亲是谁,我至今不知道。

我大姐跟二哥是双胞胎,龙凤胎。我的父母特别疼大姐姐,岂能不为她找个好婆家?事实证明,大姐的一生过得还是不错的,若不是一些特别原因,她本可以活到 90 岁以上。在天门时,我的楚陶哥、二姐姐经常去看大姐姐,大姐姐是善良、孝敬的典范。父母也让大姐姐念完了中学,就在当年汉阳的训女中学念完的。父母让我们所有的兄弟姐妹都念书,还尽可能多念书。

我清楚地记得,大姐姐小时候连家门也不出,那条家乡的小街,她从未走过。

· 第三部分 我的亲朋好友·

大姐姐叫我"楚廷",二姐姐叫我"张楚廷",她们两人肯定商量过怎么喊,差别也不小。大姐、二姐知道我这个老弟在大学里工作得还可以,都备感欣慰。二姐常说我为三爷三妈增光、争气了,总记得孝敬父母(三爷、三妈是我们对父母的称呼)。

我的大姐姐最善良,是典型的中国女性,所有的兄弟姐妹都尊敬她、关心她。

我们亲兄弟姐妹九人,四人的脸型像父亲,五人像母亲。其中,大姐姐像父亲,二姐姐像母亲。我的脸型像母亲,九兄弟姐妹连脸型的分布也很均衡。

我们亲兄弟七人之中,名字里都含有"楚"字,楚胜、楚琦、楚钰、楚陶、楚纯和楚廷。我的一位乒乓球友喊我"楚爹",殊不知"楚爹"共有七位之多。

人们还以为我们是"楚"字辈,其实,我们是"大"字辈。上怀大道,祖辈是上字辈,父辈乃怀字辈,我的父亲即名张怀德。我们弟兄都是大字辈,我们的下一辈便是道字辈了。大哥的儿子,道明、道忠;二哥的儿子道元;四哥的子女叫道敏、道平、道文,我的二儿子道林,也有许多下一辈的名字中无"道"字的。

为什么我们的名字中都有"楚"字呢?我猜想,这是因为湖北乃荆楚大地。二伯的一个儿子叫楚文,四叔的一个儿子叫楚祥。四叔名怀宽,怀字辈,我们的下一辈,大都是双名,也有少数取单名的。单名跟其他人同名同姓的可能性自然就比较大了,单名中自然就无"道"字了。至今,我还未发现跟"张楚廷"同名同姓的。

我的大姐姐名张培先,二姐姐名张仙莲,至今我也未发现跟她们同名同姓的。

·我的父亲·

天门，天门
上天开启的门。
那里有我姨妈的坟，
有我大姐姐的魂。
天门，天门，
那里有我们的根。
天门，天门
那里也出了不少的神。
天门，天门，
鲜花遍地，人杰地灵。

我的姨妈

姨妈是我母亲的妹妹,所以,我们喊她"二爷"。这样称呼,都是湖北天沔一带的习惯,也是那里的文化。虽然只是一个局部,但这种文化至少已持续了多年,究竟多久了,可能无人去考究。我估计,这种文化还会一直持续下去的。

念初一的那一年,我是在天门乾驿中学(今日的天门三中)读的,住在大姐姐家,每逢周末就去二爷家,大约走四公里,就到二爷家了。二爷把我们兄弟都看做是她的亲生儿子。有一次,我去她家后,她要我自己动手杀鸡,我未将鸡的气管割断,结果它满身是血,飞了。我真对不起那只鸡,直到如今还有此感觉。

我不知道二爷为何没有子女。我的两个姐姐比我知道得多很多,而我也未去问她们。我常常怀念姨妈,跟怀念我的母亲一样,我总觉得自己对她们孝顺不够。

· 我的父亲 ·

我们的上一辈，都已走完了他们的人生里程。如今，我们怀念他们，并在怀念中努力于今日的工作，没有别的可回报，除了有机会为他们烧香、叩头外，就是珍惜作为他们生命延伸的我们，尽可能为他们、为社会多做一些事情。怀想不如怀念，怀念不如怀抱，不如怀抱理想，不如将我们生命的能量尽可能发掘出来。

说大一点，我们整个中华民族，也就是这样生生不息、代代相传，连贯不断地发展到今天。我们从父母，从叔叔、伯伯，从姨妈、姑妈，从舅舅、舅妈，从他们那里，心手相传，直到永远。在这个过程中，写好一代又一代人的历史。这也是我们民族史的一部分。

家庭史、学校史、教育史、文化史、艺术史、学术史、思想史、哲学史……构成我们的民族史，还有不可缺少的一个方面是世代史、制度史及相关的人物史。其实，人物史是最重要的。我们所记忆的家乡，有仁寿寺、曹公寺、福音堂、天主堂这样的文化景点；又有大洪、小洪、连云潭等水乡，一望无际的江汉平原；更有我们父母、兄弟姐妹，有街坊邻里、叔叔、伯伯、婶婶，还有儿时的同窗好友。这都是童年的记忆，是特别单纯的记忆，也是终其一生不会忘怀的记忆。这不只是伴我前行的记忆，还是给我力量、给我鼓舞的记忆，自然也是人生中最顽强的记忆。

记忆力是重要的，更重要的是理解力，最重要的是想象力，这是人可以超验的根本。

我的二儿子从未见过他的祖父，在他回沔阳家乡为祖父上坟时，竟也泪流满面。

记录是用来打破的，历史是用来回顾的，体育竞赛是用来观看的，艺术是用来欣赏的，过往是用来回味的，人生是更可以用来细细品味的，公众人物是任人评头品足的，天文、地理、物理、化学是让人知晓自然的，哲学和数学是用以给人智慧的，天地日月、江河湖海、高山险阻，都是用以叩问的，从叩问中生长出学问。

书是拿来读的，歌是拿来唱的，诗是拿来吟诵的，但有些东西不是拿来做什么的。哲学和数学最古老，它们最初也不是为着拿来用的，后来才发现它们有最普遍的用途，有特殊的大用途。此乃无用之大用，拥有超乎人们想象的用途。

人在物质生活上的需要，大都是看得见、摸得着的，如衣食住行、柴米油盐酱醋茶。

人在精神生活上的需要，大都是看不见、摸不着的。上小学时，人的手是尺，1、2、3、4、5是为了什么用？唱一首歌，跳一支舞，读一篇课文，做几个习题，打球、下棋、游戏，都要有个用途吗？说话，聊天，开开玩笑，也要讲究个什么用途吗？人不可能没有功利，然而，再向前走一步，到了功利主义，就不一定好了。

物质与精神是有联系的，其前提是有区别。无区别了便是一回事了，还讲什么联系？人就是一颗心，一口气，人是有灵魂的。从基本的方面看，人是活在精神里的，这也是人与其他生命体的基本分界线。人是因有灵魂、有意识、有精神才神秘、神奇的，神奇的大自然赋予人神奇，人又以自己的神奇装点大自然。人类的历史，主要是文化史、灵魂史、精神史，人物史也主要是该人物的精神史、灵魂史。

各类的文人，各类的著述，写下的都是他们的文，他们的魂，他们的心和精神。

我的老师

天地君亲师,该专门说一说我的老师了。

对于武汉市第三中学,我总是念念不忘,不忘武阳市汉阳区三槐岭的那片神奇的大地,更不能忘的是我的老师。我有幸师从于张国魂、赵孝恭这两位优秀的教师。张、赵两位先师,为我的文与理奠定了坚实的基础,受用一生,受益永远。中学阶段特别重要,因为只要把语言文学和数学的基础打好了,就可以走得很远。还有,做人的基础,在这一阶段也十分重要;更为重要的是,这正是开始思考人生的时候。此时,是武汉三中引导了我,是张、赵二位老师教导了我。可以毫不夸张地说,无论是做人,还是做学问,都是武汉三中为我打好了基础。

2005年,三中建校100周年,我必须回母校去庆贺,去纪念,去怀念,去感恩。2020年是武汉三中建校115周年,只要有可能,我还会去一趟的,去叙说永远的感恩。

念大学、教大学，最令我难忘的，是李盛华老师。从张国魂、赵孝恭，到李盛华、杨少岩，从中学到大学，能遇到这样杰出的老师，实乃我人生的一大幸事。

我们中国人还有一个说法：一日为师，终身为父。这是将"亲"与"师"更紧密地连在一起的说法，父母亲的教导和师长的教导，本就是紧紧联系在一起的。

如果说我中学遇到了张国魂、赵孝恭老师是一大幸的话，那么，大学时又遇到李盛华、杨少岩老师，则可谓万幸了。人生难得从中学到大学都能遇到这么好的老师。当人们给我各种各样的点赞和称呼时，我都没有忘乎所以，岂敢忘记啊。

李盛华老师是1931年以湖南省状元的身份考入北京大学的，除了学数学外，还学了四国外语。他没有任何著作和论文，但他是顶尖的教授。时代大变了，今日升教授要有一大堆条件，升上去了的，还不见得很杰出。看数量而不看真才实学，我是1986年晋升教授的，那时候还没有现在这么多名堂，名堂越多，真实的学问并不一定越多。无论怎样，教授一级的人物如果货真价实，其影响是决定性的。

从我自己的角度来讲，我能够更多说几句的学术领域，是哲学、教育学、管理学之类。我从数学到哲学，是一个顺利的转身，接近华丽的转身。由于天赋不够，我在数学领域没有多大作为，很可能哲学更适合于我，但这又与我出身数学相关。每当有人喊我"数学家"时，我没有一次是不加以澄清的，不能以讹传讹。当有人喊我"哲学家"时，也就算了，勉勉强强算一个吧。我的哲学著作已有了二十二部，数量不小了，质量会很差吗？我还可以斗胆地说，我的哲学著述，其质量差不到哪里去，并且，我的哲学具有鲜明的张氏个性。

世界上的第一部教育哲学著作，出自德国哲学家逻逊克兰兹，书名是《教育体系论》。当美国学者布莱克特将其翻译成英文后，书名也改为《教育哲学》。如今的教育哲学，在世界上已多如牛毛。我在 2006 年，也长出了一根"牛毛"，教育科学出版社出版了我的《教育哲学》。我认为，我的这一著作有两大特点：第一，直接写到了人；第二，我将教育哲学建立在了公理系统上，这算是一种尝试。将几何中的公理方法运用于教育学，这是要冒风险的。然而，凡想有作为的学术工作者，怎么可能不冒风险呢？探险家存在于各种各样的领域。

毫不夸张地说，李盛华教授无论在做学问，还是在做人上，都是我最重要的引路人。2006 年，李老师以 93 岁高龄辞世，我含泪为他致了悼词。2013 年，我又和当年李老师的几个学生，一起纪念了他的百岁诞辰，寄托我们永远的哀思，恰如对待我的父母。我在大学里遇到了这么好的老师，对此，我的父亲可能是难以料到的。在浩如烟海的学术领域里探索，时至今日，只靠自学，已是不可能的了。

还可以说到广义的老师，孔孟圣人即是，冯友兰先生也是我的老师。他的《中国哲学简史》，我系统地读过。这是一位学贯中西的哲学家，还有金岳霖、熊十力、贺麟。黑格尔的《小逻辑》正是贺麟翻译成中文的，贺先生也是学贯中西的大学问家。

世界上的第一部教育哲学出现在 1848 年，此后世界各国的教育哲学很可能超过了百种。然而，我深信自己的《教育哲学》是独特的、独到的，也是出彩的。

世界上的第一部高等教育哲学，出现在 1944 年，出自一位德国哲学家卡希尔之手，其书名为《大学之理念》。什么样的著作可以称得上高等教育哲学？标准就在于，它是否回答了"大学是什么"的问题，而不只是回答了"什么是大学"。第二部出现在1978年，出自一位美国学者布鲁贝克之手，布氏当时已80高龄。

第三、第四、第五部高等教育哲学，分别出现在2004年、2010年、2020年。这三部著作出自同一个中国人之手，张某是也。这三本书的书名分别是《高等教育哲学》《高等教育哲学导论》《大学是什么》。《大学是什么》刚刚出版，还是"热馒头"，还在冒气呢。我的《大学是什么》，正由刘颖洁博士翻译成英文于德国出版。我的《人论》的英译本已由文兰芳教授翻译成英文出版了。我早已看到了《人论》在德国出版的英译本，在卡希尔的故乡出版了。卡希尔若地下有知，也会十分高兴的。卡希尔已于1945年逝世。第六、第七本……会在哪里、在何人手上出现呢？我们拭目以待吧。

再说到课程哲学吧。这是一个更困难的领域，越是微观的问题，研究起来越困难，正如物理学中，研究微观更困难，研究基本粒子更困难。课程哲学正是教育领域里的"基本粒子"，由此可以想象，研究课程学、课程哲学的困难程度了。

高等教育哲学，在中国，我是开先河者，系统的课程哲学，我也是在世界上开先河的了。能做这样困难的事，能达到这样的高度，我的父亲肯定是相信的。当然，我的家人，跟我一道写作的人，不是相信与否的问题，而是亲眼所见了。

在广义下，亚里士多德、黑格尔、恩格斯都是我的老师。他们的著作《形而上学》《小逻辑》《自然辩证法》，我都分别系统地研习过。我读过的数学著作，包括王湘治的、华罗庚的、普里瓦洛夫的、菲赫金戈尔兹的、那汤松的、希尔伯特的、喻尔莫斯的；在教育学方面，我还读过纽曼的、卡希贝尔斯的……这些人也就在我广义的老师之列了。我写出的书有150部，读过的书可能不到300部。这样，输出与输入之比就在百分之五十以上了。

读一百本，写一本，这个比是百分之一；读一百本，写十本，这个比就是百分之十。这样一分析，一比较，就可以知晓达到百分之五十，是格外不容易的。

世界上，有没有不读书而出过书的人？肯定有，在全世界还没有书的时候，那时候写出第一本书的那位先生，就是没读书（无书可读）而出了书的人。这人是谁呢？理论上，我们知道；逻辑上，可以推知；实际上，我们不知，无法得知。这位先生的输出与输入之比就是无穷大了（分母为零，比值当然无穷大了）。

再广义一点说，我的老师还包括那些整过我的"左派"朋友。我说"朋友"时，是真诚的。至于他们是否视我为朋友，那是另一回事。这些"左派"朋友从一个很重要的方面帮助了我，人只有在经历坎坷、曲折、挫折，进行不同性质的学习，并从中得到锻炼，才会逐步成长的。一帆风顺走过来的人，温室里的花草，是没有生命力的。

我是"左"不起来的人，在待人上做过头事，对于我，是不可想象的，岂止是我，凡比较尊重事实，比较善良的人，都不可能有"左"的问题。至于有人偏离了这两条，是何原因，我能作一些猜测。不必猜测的是，他们也十分不幸。虽然有客观因素的影响，但在同样的情况之下，人们为什么有不同的表现，接受不同的影响？所以说，关键还在于自己把握好自己，自己做好自己，自己修练好自己，自己教育好自己。这是根本之所在。

三人行，必有我师，与我同行的何止三人，三十人、三百人都有。我的"师"，除了上述这些人，自己也是自己的一位老师。反躬自问，问的是谁？

"学高为师，身正为范"，我无法接受这种对"师范"的解读。好为人师者,非师也;为示范而身正者,身已不正。这个问题的根本,是未立足自己,乃至没有了自己。

我曾经用最普通、最平常的语句,提出了一个口号式的说法:让学生真正学到东西。办学校,千条万条,归于一条:让学生好好读书。为此,教师要好好教书;为此,教育行政工作人员要为教师能好好教书、学生能好好读书,做好服务性工作。一切崇高的理想,对未来的所有追求,都不可能是不建立在这根基之上的。

不靠口号过日子,但要有简明、扼要、贴切的说法,将信念变为行动。有信念的理想不会是盲目的,有理想的信念不会是空洞的。有信念、有理想,就是虚实结合。

我的同学

小学时期的同窗、同学，记忆都不深了，无论是在家乡的崇德小学，还是父亲送我去念书的武昌养真小学（位于张之洞路），印象都不深。这与年幼有关，与少有交往也有关，故而，没有留下多少记忆。这都是 70 多年前的事了，只有依稀的记忆。

也是我父亲送我上了武汉三中。到了中学阶段，情况就十分不同了。一则，人长大了一些；二则，我在武汉三中念书的时间也相当长，共计有五年，老师和同学的名字记得的有一大串。最难忘怀的是张国魂老师、赵孝恭老师。同学中记忆最深刻的是罗谦怡、罗谦慈、李翠萍、毛家珍、张远鹏。罗谦怡的家就在汉阳，距三中很近。罗谦怡任校团委副书记，我任校学生会副主席。武汉三中从多方面教育了我，锻炼了我。如果说武汉三中影响了我一生，是一点也不为过的。无论在做人、做学问，还是在做教育行政管理方面，三中都为我奠定了相当良好的基础。

尤其是跟我同桌的罗谦怡，他的厚道、宽容、忠厚、善良，都是无与伦比的。我们之间留下了永远的友谊，最珍贵的友谊，自然也是最纯净的友谊。

到了大学，八个学期我都任班长，同学们似乎认为我是不二人选。这又与我在中学担任过校学生会副主席有关。后来我能担任两所高校的主要负责人30年，又与大学期间我担任班长有密切关系。小小的班长，当了这么久，想来也还要有几个条件：第一，学习成绩应当比较好；第二，对同学态度好，脾气好；第三，兴趣比较广泛，因而交往也比较广泛，在广泛的活动中能将同学们团结起来。

1957年，我们甲、乙、丙三个班，我是甲班班长。划右派时，乙班划了5个，丙班划了4个，我任班长的甲班一个也没有。后来，1958年，有一个同学被莫名其妙地划成了右派分子，另一同学为之辩护，又划了一个，而我自己则被划为中右分子。对此，我是1979年才知晓的，通过程万高的通知，我才知道的。

从这以后，我开始担任高等数学教研室主任，继而又做了数学系系主任、主持工作的行政副校长、党委书记、校长。这一路走过来，也长达21年之久了。

对于我的老师，是亦师亦友；对于我的同学，则是亦友亦师。三人行，必有我师。三百人同行了，至少三十师；三千人同行了，至少三百人为我师，多着呢！只要我愿意学习，善于学习，无数的老师，认识的，不认识的，都会站到我面前来。

甲班的同学中，吴世泽、马伯钧、卿德阶、林谦禄、卢升恒、饶钦威、蒋光正、李淑珍、马桂云、王祖裕、温菊芳、雷显亮、巫干文、王丰……我都念记在心。每逢同学入学十年、二十年……或毕业十年、二十年、三十年……我们甲班的同学到得最齐，原因就在于，当年我们最少恩怨。还有，就是我有比较好的条件来安排接待。

·我的父亲·

在饶钦威被划为右派的那天晚上,王祖裕、饶钦威和我三人坐在第二教学楼的台阶上,半天没有说话,只有沉默。是以沉默表示抗议吗?我们还不知道向谁抗议啊,无助啊。

后来,饶钦威被下放农村劳动改造。这一改造就是20年。他40岁才结婚,后被分配到武汉市第三十三中教书。我每次回沔阳家乡,路过时,我都去三十三中看望他。在当年,我们还远没有王洛宾先生"苦难也是一种幸福"的那种感悟。

俱往矣,回忆过去是为了更好地珍惜今天,既不躺在苦难中,也不躺在幸福里。

我将自己的同胞,当年的同窗,后来的同事、同仁,都放在心中,鼓舞和鞭策自己。

我的内心不可谓不强大,然而,这种强大源于许许多多的方面,我的父母、兄弟姐妹,我的民族,我的同胞,我的老师,我的好友,我的同学,我的大学,等等。

在武汉三中的所在地汉阳,有一个跨界的合唱团,我参加了。念大学时,我们甲班有个男生小合唱队,由巫干文组织的。大二那一年,我还被省音乐家协会挑选进湖南省大学生合唱团,担任男中音领唱。音乐一直陪伴着我,这是一位极为重要的伙伴。乃至,现在我能唱两千多首歌,还写出了《音乐与人》一书。该书在2020年出版了。自古以来,音乐伴随着人类,成了人类文明、人类进步和发展必不可少的一部分。

一个音乐,一个诗作,给我的学术工作,乃至给我的行政管理工作,都带来了无穷的好处。两千多支歌,一千八百多首诗,这对于我,是一笔宝贵的精神财富,让我成了一个大富翁。我还出了一大堆学术著作。以此回报社会,教了不少的课也是回报的方式之一。当然,我也称得上是桃李满天下,这是一种更为重要的回馈。我的学生不说"满天下",也可以说满大地,分布在了神州各地。

我的好友

有人说,没有永远的朋友,只有永远的利益。我不相信这种说法,不接受这种说法。

我继承父亲的厚道,这让我有极好的人缘。无论是做教师,还是做行政,都受益于厚道。因厚道,而宽容,而宽厚,而海纳百川。尤其在做行政时,完全没有什么内耗。不仅和气生财,而且和气生"才",才财两旺,学术盛旺,学校兴旺,蒸蒸日上。

因为厚道,所以学生愿意接近我,我当然也愿意接近学生。学生开始时,有点怕我,虽然我一点也不可怕;到后来,天长日久,变成我怕他们了。师生关系,有什么谁怕谁啊,只是开始时彼此有些生疏罢了,一回生,二回熟,三回就熟透了。

1962年,学校举行文艺汇演,我随了一首适合男中音唱的《渔光曲》。预演时,为我伴奏的阮国桢认定我绝对会获奖。一上场,我的喉咙就直了。结果,因为那些评委知道我还会唱歌,就给了我一个三等奖,以示安慰。奖品就是一本黄色的歌曲集本。那时候,经济很困难,连纸张也很少,质量就更谈不上了。

我有许多的好友,都与利益毫无关系。由远及近,我说一些好朋友的名和姓吧。

张文祥,曾是安徽理工大学校长,也是张校长。他研究过我的教育学公理,并认为,这也是大学公理。许多次,我在武汉作学术报告时,他都专程从安徽赶来。说他是一位"张迷"或"张粉"也可以了,我的不少著作他都看过,看还不够,还远程赶去听。张文祥有几次还到长沙来,参加有关的一些学术会议。

对于我,潘懋元先生,可谓亦师亦友了。他是我们国家高等教育学的开创者。他是一位好教练,自己不会游泳,却培养出了许多高材生。恰如孙海平本人不会跨栏,却培养出了刘翔这样以破世界纪录的成绩获得世界冠军的人才一样。在潘先生门下,有邬大光、周川、张应强等分布在全国各地的高足。

再说杨德广兄,这是我多次提到的一位朋友。他也是潘懋元先生坚定的支持者。关于潘先生的工作,曾有过南北之争。我算坐收渔利,写了一篇调和的文章《潘懋元的贡献》,发表在 C 刊《大学教育科学》杂志上,调和可出成绩啊!

鲁诗说教育是超越的,杨昌勇说教育是保守的,两人针锋相对,我又调和,写了一篇论文《保守和超越:一对孪生姐妹》。我算尝到调和、"和稀泥"的许多好处了。还转移用到学校行政管理上去了,并且大有好处,大大有助于我办好学校。

我与杨德广兄之间,无任何物质利益可言,仅仅是 2005 年他首次(也是国人中首次)称我为哲学家。这一点就意义非凡。我早已到了"不用扬鞭自奋蹄"的时候,可是杨兄的"哲学家"这一鞭子抽打在我身上,让我快马加鞭奋起了,让我在哲学上做出了相当多的工作。

我们国家多么需要哲学家啊,这么大的国家,起码要有两三百位哲学家。普遍智慧决定普遍繁荣的道理,已为越来越多的国人所知晓了。古今中外的历史和因果逻辑都可以证明这一道理,振兴哲学,匹夫有责,我们都是匹夫。在我的哲学著作中,令我本人特别满意的,一本是《人论》,一本是《初中生哲学》。一本是"通天"的,一本是"达地"的。有了横贯天地的东西,我什么都好办了。当然,我所指的天地,是哲学的天地。

我多次听潘懋元先生说:"理论问题,哲学问题,就找张校长。"信任有加,十个人中,有九个半喊我"张校长",连潘老先生也这样喊,也成了一个符号。

再说到刘献君,他是湖南人,到了湖北,我是湖北人,到了湖南,两省之间无意地交换。在现代社会里,这种交换、这种流动是自然的,且越来越普遍。刘献君兄是第一位称我为"天才"的人,继他之后,有张国骥、蒋冀骋等多人彼此独立地称我为"天才"。对于人们这样称呼,最能理解这一点的,当首推我的父亲。

颜家壬是一位颇有智慧的人,他在知道了我所做的一些工作之后,曾说佩服得"五体投地"。由此,我查阅了词典之后,这才明白了"五体投地"这一成语的含义。

我们有一个传统节目,每年的12月31日,阳历除夕,我们会有一个聚会。届时,颜家壬、张国骥、蒋冀骋、马卫平、赵尚志、易建华、王沛清和我一定出席。我们是永远的朋友,都无任何的利益可言，无利益，有友谊。天下难得一知己，我们有成千上万的知己。所谓人心隔肚皮，这对于我们，是完全不适合的。我们心心相照，不必挑明，我们也能知道朋友想说什么，会说什么，不会说什么。

还有不少朋友可算是忘年之交了，马卫平、文东茅、周光礼、常思亮……一大批。

我的父亲

第四部分
向父亲汇报

我的教育文集

汇报一

向父母的在天之灵作个汇报，以表儿心。

1950—1955年，我在中学遇到了好老师张国魂、赵孝恭，遇到了好同学罗谦怡、罗谦慈。

1955—1959年，我在大学遇到了好老师李盛华、杨少岩，遇到了好同学马伯钧、蒋光正。

1959年大学毕业后，我没有经过为教授拿粉笔、擦黑板的阶段而直接登上了三尺讲台。

我所讲授的，还是相当深奥的微积分。李盛华老师看了我在黑板上留下的数学符号，那特别不易表达的符号，他就放心了，我教学路上的第一关也就这样过了。

此后，我的胆子也大了，虽然大学只念了一年半的书，但我不仅能讲本科生所有的数学课程，连研究生所要修读的，复变、实变、泛函分析等，我都讲过了。关键还在于自学能力。后来教的，百分之九十五以上，都是自学来的。教了跟学了很不一样，写了跟教了也不一样，我总是力图将学、写、教结合起来。我一直特别喜欢教书,不仅是因为可以给学生更多的东西,而且能在教学中产生灵感,扩展自己的知识。说起来,至今,实打实我已教了58年书,估计超过60年没有什么问题。我从教书中受益无穷,做校长不仅不妨碍教书、写书,还能相互促进。做校长30年,教书60年,如果将这两件事岔开做,那就需要花90年。唯有边做学术,边做行政,两手一起抓,才能在60年时间里同时做两件大事。好在我是一个思考着的行政管理者,又是行政管理中不停地进行学术思考的人。

继续我向父母的汇报,我已写出了150部著作,其中120部为独著,一部《人论》,一部《大学是什么》已翻成了英文,还有两部学术著作在被翻译中,在走向世界。

我还写出了1800多篇学术论文,人们说著作等身,我是著作超身了。很容易计算,我的手稿足有五米多高,是我身高的三倍。有说不完的话、道不尽的意,还有唱不完的歌、抒不完的情,亲情、友情、乡情、土地情、山水情、日月情。

我还写出了近2000首诗,出版了诗集或诗选,共计十一本,竟也有称我为诗人的了。

我会唱的歌超过两千首了,从《松花江上》《义勇军进行曲》一路唱来,流淌着歌声。

我还动手作词并谱曲了23支歌,也是平生以来的一次尝试吧。此时能试的不试一下,更待何时。

我开出了33门课程,能讲的都讲,能试的都试一下,写了讲,讲了写,交替着做。

我写出的总字数已达4100万之多,分布在各学科之中,品种不少,著述涉及的学科种类众多。

我的著作包括了数学、心理学、教育学、高等教育学、课程学、管理学、文学、美学、伦理学、哲学原理、体育学、音乐学等十二个学科。不可以说无所不能，但凡能的，都"能"了一番；不可以说一通百通，但可以说一通十通了；不可以说多才多艺，只能说可以来那么几手了，哪有做什么都可达到艺术高度的情形？

直接指导的博士、硕士，138人，听过我讲授研究生学位课程的人，数以千计。

在全国各地的大、中、小学和学术团体，我作过一千多场学术演讲（不计工作报告）。附带说明一下，在我任学校主要负责人期间，所有的工作报告（提纲）都是我自己起草的，从未请办公室的工作人员代劳过，说自己想说的话，个性化的话，有自己的味的话，因而，没有装腔作势，没有官腔官调，也没有陈词滥调。

大学里的校长，作报告还要别人起草，好意思吗？并且，即使是工作报告，也需要具有学术性。换言之，应当是探究式的、问寻式的，绝少斩钉截铁式的。

对于歌曲，作词是创造，作曲是创造，演唱是再创造。每位歌手唱同一支歌，赋予这支歌的感情不一样，也就是对这支歌的解读不一样；甚至对于同一首歌，同一个人在不同时期的解读和体悟都会有所不同，因而有不同的演绎、不同的诠释。

同样，读书是创造，写书是创造，教书是再创造。同一门课，我即使教过八次了，第九次再讲时，一定不会翻阅以前写的教案，忘记过去就是创造。我讲课快60年了，一点也不觉得腻，并且每次都还很有新鲜感。之所以特别喜欢讲课，原因有很多，其一就是觉得讲课可以再创造，何乐而不为之。

到2022年，我所指导的博士、硕士就全部毕业了。然而，我的教书不会停止。只要健康状况没有大的问题，我一定还会开第34门、第35门课的，从而不断地挑战自己。"人生能有几回搏"，这是中国乒乓球运动员的豪言壮语,我跟他们同心。

　　我所说的这些,我的父亲都会理解的,也都会相信,都会深信不疑的,甚至认为我还能做得更好。父亲这种信任,一直到今天还在陪伴着我、鼓舞着我。我对父母永远的怀念,是跟这一切紧密联系着的。并且还是充实着、发展着的。我一直在父母双亲身边,一步也没有离开过,他们高兴地看着我,还在鼓励我前行。

汇报二

向父母汇报,不能只报喜不报忧。生前报喜,是怕他们为儿担忧。现在,该都报一报了。

我先后三次被下放在湘西,一次是古丈,一次是泸溪,还有一次是桃源(大湘西)。去古丈的那一次是我二儿子刚出生不到三个月时,还有一次是去湘南宁远县,那叫做"开门办学"。不放在历史中,没有历史眼光,还真不容易知道"开门办学"是怎么一回事。有关门办学的吗?既然门都是开的,为何还有"开门办学"呢?现在,我越来越体会到史学的意义、史学的地位。在文史哲中,史学的地位十分特殊。尽管我早就知晓"一切在历史中",但对史学的认识还远远不够。

我的父母可能想象不到,在同辈人之中,我被认为是最需要改造的。甚至于,改造本身是什么,都难以理解。改造,改变,改换,改进,改善,有些什么区别呢?还有,都认为劳动光荣，为什么劳动又变成了一种惩罚的手段呢？为什么会有劳动改造？为什么还有劳动教养呢？同样，离开了历史，这些问题就都无法回答。

客观上，无论将我们放在工厂、农村是出于怎样的目的，我都在主观上有自己的想法，也有了自己的收获。我的收获，出乎我预料的收获表现在三个方面。

——农民、工人，从来没有把我当外人，更不当做是异己分子。不仅如此，他们还待我格外亲切，虽然我戴着深度近视眼镜，虽然我还是文人腔、学者腔。

——我真正懂得什么叫做贫穷，什么叫做一贫如洗。由此，无论怎样穷，无论怎样的苦，我都能吃了。一天两餐稀饭，床上是稻草被，不是亲眼所见，能想象出来吗？桌上的饭粒，苍蝇在吃，小孩也在吃；锅里的菜是没有油去炒的。面对此情此景，我的思绪不会只停留在这些事实上的。还想了些什么，此处就从略了。

——我的心跟自己的同胞贴得更近了，势必跟自己的民族贴得更亲、更近了。

以上三个方面的收获，出乎我自己之所料，相信也会出乎许多相关方面的人之所料。

我想，我的父亲也无法料到这一切。他会料到我能吃苦，但难以料到会有这么苦。

我出生在日本全面侵华的那一年，仅仅这一历史，就能让我成为一个坚定的民族主义者。再加上后来的许多经历，就使得这种坚定既有感性，又有理性的支撑了。越是民族的，越是世界的，越是超民族的。我不可能是狭隘的民族主义者。我的祖先，我的父母，我所习得的文化，我的眼光，都让我不可能狭隘。我能将苦难与幸福连接起来，我能将历史与未来连接起来，能将中国与世界连接起来。"宰相肚里可撑船"，为什么我说"我的肚里可开航母"呢？原因就在于，我将自己与民族联系起来了，将自己与中国联系起来了，又将中国与世界联系起来了。

每个人的胸怀，都可以拓宽的，谁来拓宽？自己，除了自己，还是自己，无可他代。我本人拓宽到了胸怀可开航母的地步，毫无疑问也是自我拓宽来的。"海纳百川，有容乃大"，不是为大而求容，求纳，而是自自然然地去纳、去容，如此这般，还有不大的吗？说起我的厚道，也可谓是宽厚无比了，却也是修炼来的，是开拓来的。纵然我继承了民族的传统，继承了父母的性格，也还要靠自己去锤炼。直到现在，我也还在有意无意拓宽着自己的胸怀，无止境啊。

"活到老，学到老"，不能将此言当做一种套话来说，须实实在在去践行，去修炼。

还要向父母报告。1957年，我因维护右派分子，为他们辩护，自己也被划成了中右分子。1979年，国家为我平反了，还了公道。"公道自在人间"，对这句话是可以深信不疑的。对此抱有信心，所以我的信心常在。当人失去了对生活的信心时，这是可以说多危险就有多危险的。

那场"史无前例"的运动爆发之初，针对我的大字报铺天盖地袭来，年仅29岁的我，享用了比走资本主义道路的当权派更多的大字报。我的父亲当时如果知晓，一定会为我担心的。当然，我无论如何也不会告知父亲，不能让他为我担惊受怕。

我在贫困中跟自己的同胞更为贴近，我在惊涛骇浪中得到锻炼，这也是上天（大自然）给我的恩赐。大自然给我的，人间给我的，不只是吃饱穿暖，不只是衣食无忧，还给了我文化，还从众多的方面教育了我，让我酸甜苦辣都尝到了。严冬炎夏，春暖花开，秋高气爽，也都尝到了。五味杂陈，这才是生活。这才是人间。一花独放不是春，万紫千红春满园。单一，单调，不是生活；五光十色，精彩纷呈，这才是生活。往世界万花筒里看看，那才能让我们眼花缭乱。

历史就是历史，不是什么人想怎么写，它就是怎样的。历史是最公正的，它用事实说话。是正的，负不了；是负的，也正不了。历史是掩盖不住的，历史也最多被篡改于一时，不可能篡改于永久。现在我也越来越明白自己为什么特别敬佩陈寅恪、翦伯赞、章开沅、林增平等史学家了，人创造了历史，这些史学家将其写下。一唱雄鸡天下白，总有真相大白于天下的那一天。

念中学时，我的历史课只考了 57 分，我的父亲当时不知，若知，他也可能不相信。但我永远记着这个 57 分，对不起教历史课的老师，也对不起历史。数学史、教育史、课程史、管理学史、哲学史，是我比较熟悉的。但这是专门史、学科史，替代不了通史，中国通史，世界通史，这是我的一块短板。

汇报三

继续向父亲汇报。

陈钧曾是湖南教育学院的院长,他是很个性化的人,依自己对高等教育的理解去办学。根据组织的安排,他被调离了湖南教育教学,来到了湖南师范大学。陈钧来了,本很个性化的我,自然高兴个性化的陈钧的到来。历史事实已证明,陈钧和我、我和陈钧,合作得相当默契。陈钧、戴海、罗维治、龚维忠、李维琦和我,这一帮子人,真的把湖南师范大学办得还可以了。依然是那一条铁律,依照大学的本性,顺其自然去办学。

不出几年的工夫,陈钧就感觉到我对高等教育还是有不少独到的理解和见解的。

出乎我预料的是,陈钧竟然在《湖南日报》上发文称,谁说中国没有教育家?张楚廷就是。一石激起千层浪,这一文还引起了一些不同的反响。陈钧胆子大啊,敢讲,但也势必出自他内心，谁想勉强他做什么事，那是徒劳的。

以上的事，发生在 1998 年。

1999 年，我在北京开会，会议的主题，记不清楚了。但是，北京大学高等教育研究所所长喻岳青的发言我记得很清楚。他说："北京大学自蔡元培之后，有好校长，却再没有教育家了。可是，中国还有。"其中，有一个与我同名同姓。迄今，跟我同名同姓的，人们还未发现有第二个，这不是别人，正是在下。

北京毕竟不是湖南，喻岳青所发出的声音，较之陈钧发出的声音，势必会传得更远。从此，关于张某是教育家的说法，便不胫而走，广为传播开来，甚至我的父亲也可听到。然而，他的在天之灵如果听到了，也会深信不疑的。

什么人够得上称为教育家？人们似乎有一个共识：第一，改变了一所大学的命运；第二，有系统的教育理论，且有相关论著。能够同时达到这两条的人，确实不多。物以稀为贵，很多了，还会以"家"来称呼吗？还能算做到了"家"吗？

时间来到了 2001 年。眭依凡在他的博士论文中言道：1949 年前，蔡元培、梅贻琦、竺可桢可称得上是教育家。其中，蔡元培是政治家出身的教育家，梅贻琦先生是学问家式的教育家，竺可桢是自然科学家出身的教育家。

1949 年后，朱九思为政府官员出身的教育家（朱先生任过湖北省教育厅厅长），张楚廷为学问家式的校长教育家，曲钦岳则为科学家出身的、有治校理念的校长教育家。1949 年之前与其后，各三人，对应得如此恰当，偶然乎，必然乎？

十佳教授评审了眭依凡的学位论文，十位都评之为优，这不仅肯定了眭依凡的论文水平，也肯定了论文所言之事实。事后，眭依凡的论文正式出版成书：《大学校长的理念与治校》，由人民教育出版社出版，这样也就定格于学术著作之中了。

2005 年，我应上海高等教育学会之邀，作学术报告。报告启动前，主持人上海高教学会会长杨德广兄给了我一个"突然袭击"：今天我为大家请来了一位哲学家。演讲的地点在上海交大，交大的党委书记，一位姓马的女士接待了我们。

我惊魂未定，岂能不问问杨兄："我只有两本哲学著作，且以教育为背景，怎么称得上哲学家？""不在于你写了几本，而在于你这样子就是哲学家。"他比我父亲的眼力还厉害，从样子就看得出我是哲学家了。从此，我是哲学家，也名声在外了。

无论如何，我不能欺世盗名，既然已名声在外，那就继续努力吧。到 2015 年，我的哲学著作已超过 20 部了。此刻，我对杨兄说，你现在喊我哲学家该差不多了。他竟然说，这算什么，我十年前就看出来了。真厉害。不过，我确实将 2005 年杨兄之所言当成了鞭策自己的力量。我们偌大的社会，需要很多的哲学家，普遍智慧，普遍智慧之学，与普遍繁荣，是密切联系着的，中外历史都已证明了这一点。

振兴哲学，匹夫有责。我这个"匹夫"，岂能不努力奋发，奉献自己的绵薄之力啊！

华中科技大学是我作学术演讲最多的大学之一。在那里，我曾说，大学是一个特别能出特别思想的特别地方。这句话流行于当时的人群之中，并简称为"三特别"。后来，我又发展成了"十特别"，我算是比较清楚地看到了大学特别之处的学者之一。

2006 年，华中科技大学教育科学学院院长张应强，称我为"教育思想家"，似乎还在"教育思想家"前面加了"不可多得的"这样的修饰词，不嫌修饰词多啊。

2017 年，中美双方各十位大学校长的学术交流项目在西安举行。我也应邀在会上作了学术演讲,当时是同声翻译。一位美国大学校长听了我的演讲后,当即说道:"谁说中国没有思想家,这不就是一位吗?"很遗憾,我没有记下这位美国大学校长的尊姓大名。一次讲话,就如此断言,是因为我演讲的含金量比较高吗?

张应强称我为教育思想家,这位美国大学校长去掉了"教育"二字,直呼思想家了。

2010年,黎利云博士一口气给了我两个"家":批判家,演说家。黎利云还作了统计,以有著作或论文为标准,研究我的共计五百几十人,成了"张学",有了一个张氏现象。至于读过我著作的人,可能是这个数字的几百倍、千倍以上。仅仅读过我的《人论》的,就相当多了,张国骥还说他将《人论》读了两遍。

我始终认为,不在于谁被研究,而在于我们中国需要不断有人被研究,他们姓张、姓王、姓赵……这是次要的。我们的文化越繁荣,这种评头品足的现象就会越多。尤其是哲学,批判是它的性格,哲学是一个"厮杀的战场"(黑格尔语)。

既然是评论,就会既有肯定的,又有否定的;既有正面的,又有负面的。忠言逆耳,逆耳忠言,负面的评论在某种意义下更为可贵。最惨的,是无人问津。

称我为批判家,当然指的是学术批判,这是学术繁荣所必需的。所谓批判,也就是发议论,找岔子,挑剔一番。将这类事情做到一定地步,就成了批判家。

至于演说家,其标准是怎样的呢?我肯定不属于那种慷慨陈词、铿锵作响的演说者,而是那种细言慢语、娓娓道来的类型。激情是隐含于心的。甚至于表面看来是清冷的,平实的,只看有没有丰富的内涵,再加一点幽默或诙谐。"油盐"不能太重了。将形式上的平平淡淡与内容上的扎扎实实统一起来。

我作过一千多场学术讲座，60年的教学中，以平均每年讲30课时计，共1800课时。讲了这么多，不成演说家，也应当差不多了。否则，对不起学生和听众，也对不起我自己。把做校长期间的工作报告可以计算在内吗？我觉得我的行政工作报告是带有学术性的。因此，也未必不可以计算在内。无论是教学、行政或平时聊天，都是在磨自己的嘴巴皮。说，写，教，读，这几个方面是联系着的，并且是相互促进的，还将"做"或"践行"加进去，就更丰富了，尤其是把做校长中的体悟加进去，味道就更浓了。

我生来就是从学的，终身跟学术打交道，跟书打交道，磨炼了笔尖，磨炼了口头，更磨炼了这最上面的头——脑袋。我的学术思想也就从这些"头"里不断流淌出来，喷薄出来。黄河之水天上来，我心中的"水"、学术之"水"也从天上来。

另一些"家"

周洪宇先生适时地组织了高等教育界的十位人士，写拨乱反正以来的高教改革心路历程，分两批，前后各五位。我被列入了前五位。那是2015年，前五位中，两位已90高龄，两位80岁，唯我距离80岁还有两步，我曾请求将我放在后一批，未果。

都叫做口述史，作者口述，另有人记录。我问周洪宇先生的秘书刘来兵："我需要口述吗？"他一听就明白："那您就自己写吧。"为了统一起见，书面上还是写着"口述史"，但我在书的前言中注明了，这并非口述，而是从我的笔下流出的。

大约用了50天的时间，我就写完了这本书，我将书名定为《改革路上》。周洪宇先生第一时间看完了，十分欣喜地言道："有这一本，我们就算成功了，这是一个范本。"并且，随即送给我一个雅号：改革家。

当然，我和我们团队只是在高等教育领域，并且，只是在一所大学里进行的改革，更大范围的改革，我们无能为力。

我们所进行的改革，说难也难，说易也易。难的是，长时期的积习，人们习以为常了，改起来决非一日之功。事实上又有几家想到了改革，又有几家改革成功了？为何可以说易也易呢？那不就是将行政化去掉吗？这一件事做好了，就成功了。总起来说，从事实到理论上看，这一改革都是十分不易的。

正由于如此，所以，本人的感觉也包括两个方面：既欣慰于我们改革了，又遗憾于举目四望，也只有我们这一家改革了。就个人而言，我们对得起历史，对得起自己的大学，对得起全校的师生员工，也对得起作为改革者的自己，对得起父亲的在天之灵。儿子在这里做了一件十分应当去做的事，也是做了一件十分不易的事情。敬爱的父母双亲，当人们称我为改革家的时候，你们高兴吗？

艺术学院院长聂南溪问我："张校长，我是什么级？"我答："你是院长级"。他又问同样的问题，我又作了同样的回答。我明白，他是希望我说他是正处级。于是，我也挑明："你是院长，有几人是院长？是处级的人一大堆。我是校长，就是校长级，有几人是校长？厅级干部多如牛毛。"这些例子所表明的，还是改革之不易，去掉积习不易。我们国家的改革取得了巨大的成就，然而，教育领域里的改革，还是一个短板。并且，在这一领域里的改革，其意义与作用，怎么说也不为过。

还举一个小例子。学术委员会、学位委员会、教师职称评审委员会，我们所有的校级负责人一律不参加。为什么不参加呢？这是行使学术判断、学术权力的机构，我们是行使行政权力的。学术权力与行政权力的混淆，受损害的无不是学术权力、学术事业。

科研处处长做学术委员会的秘书，研究生处处长做学位委员会秘书，人事处处长做教师职称评审委员会秘书，没有发言权，只在这些学术机构和校级行政机构之间做联络。这就是我们，这就是我们对大学有关事务的理解和做法。

我曾经请有关人员调查一下，像我们这样做的，全国大学有几家？答案是没有另一家，仅此一家，别无分店。欣喜吗？遗憾吗？都有，亦可谓百感交集啊。

我记得天津有一位校长，当人们说他是副部级时，他应道："那是种耻辱。"我相信，这位校长是改革家。人们还不妨问问"莫斯科大学校长是什么级？""哈佛大学校长是什么级？""巴黎大学校长是什么级？""剑桥、牛津的校长是什么级？"这是问题吗？

蒋冀骋还一口气给了我三个"大师"的称呼：管理大师，学问大师，思想大师。

"学问大师"跟学问家差不多，"思想大师"跟思想家也差不了多少，唯有"管理大师"有点区别，它对应的是什么呢？是管理行家，还是管理学家？还是别的什么？

我的管理学研究，势必是集中在学校管理、教育管理领域的。我有一本书，书名即《学校管理学原理》。然而，我的《管理哲学》一书，就不限于教育和学校了。

说来，管理学是所有学科类别中最年轻的。哲学、数学、伦理学都有两千多年历史，管理学则只有百年历史。泰勒首先提出了科学管理概念，西蒙则始建了管理科学，英国学者查尔顿则开创了管理哲学。管理科学首现于英美等发达国家，这一历史事实是容易理解的。事务的繁多，组织的复杂，才促使了管理理论的出现。

不过，有人认为查尔顿的管理哲学，尚未充分到达哲学。我想我自己的《管理哲学》这一著作是到达了哲学的。唐桥博士正在将我的这一著作翻译成英文。2020年下半年，我将以自己的《管理哲学》为蓝本，向研究生们讲授，亦乃一大幸事。写了讲，讲了写，讲自己所写的东西，写自己所讲过的东西，如此循环不已。

2017年，由中国教育学会、中国高等教育学会等多个学术团体评定张楚廷为全国排名前三的教育名家。"教育名家"跟教育家应当差不多吧，这只是加了一码而已。

2018年，由长江教育研究院、教育智库与教育治理评价研究中心发起的改革开放40年"教育人物40名"评选，张楚廷入选。对于所有这些，我的父亲都会深信不疑。

2019年10月，清华大学原党委副书记胡显章，称张楚廷为旗帜性人物，这是一个较新的称呼。

2019年12月，苏静称张楚廷为国宝，教育界的灵魂人物。

以上这些，都是熊继承博士记下的，也都是人们从不同侧面看我的结果，也是关心我啊！

当今，有一千首以上诗的，被称为诗人，我已有1800多首诗，于是也有一些人称我为诗人了。

有八位先生彼此独立地称张楚廷是天才。最初称张某为天才的，是刘献君兄。事出有因，我的不少著作和论文，他往往是第一时间读到的。他还作过一番论述："张校长看到的许多问题，我们看不到，我们看到了的，又没有他论说得好。"

我始终要说，我们国家需要有天才，成千上万个天才，至于他们姓赵、姓钱、姓孙，还是姓李、姓张，这确实是次要的。神州大地是出神的地方，是出天才的地方。

人们将这么多的美誉给了我，实在是受之有愧。好在我仍然在努力，在奋发之中。

当人们称我为天才时，我情不自禁地称自己是地才。我不是天上掉下来的，是地里长出来的，是九州大地上长出来的。这是一片无比肥沃的土地，是长才的地方，是让人吸收营养、茁壮成长的一片土地。这是中华大地，这是神州大地，是黄河、长江灌溉出来的天地，是孔孟老庄等圣杰生活过的地方，是华夏大地。

我是炎黄子孙，博大精深的中华文化教育了我，抚养了我，教我做人、做事、做学问。

有一个"钱学森之问"：为什么我们培养不出杰出人才？我相信钱先生心中自有答案，只是他这么一问，就可以引发更多人的思考，以共同改进我们的教育。钱先生本人不就是一位杰出之中更杰出的人才吗？他忧国忧民，才发此问。

也有人认为，杰出人才不是培养出来的，而是生出来的，长出来的，自己生长出来的。

为什么可以这样说呢？我觉得很有道理，就来论述一番道理吧，力求言之有理。

人们将教师称为园丁，这倒是比较恰当的比喻，禾苗靠自己生长，园丁只是浇水、施肥。杰出人才如禾苗一样，还得靠自己生、自己长，不能拔苗助长。

同一个班的 50 名同学，听的是同样的课，由同样的老师讲授，做着同样的作业，为什么有的十分优秀，有的却相去甚远？这就是自己生自己长的状况不同。

归纳起来说，杰出人才的大量涌现，与以下几个方面的因素有关。

——一个好的环境,包括好的校园文化,优秀的文化传统,或优秀的校风、学风。

——让学生充分自由地想、自由地思、自由地做,将对他们的束缚降低为零。

——很少有"应当""必须""应该""要这样""不要这样""不要那样"一类的说法。

——较之"答",更要重"问"。

——教师较之回答,更要重提问、发问,启迪学生问较之启迪学生答更重要。

——优秀的学生是常问、爱问、善问的学生,优秀的教师是善于引导学生常问、爱问、善问的。

——对于说错了的学生,不必说"你错了",而是说"你换个角度再看看,再思考一下"。

以上是我个人的想法、做法,那么,我做到了吗?并且,让杰出人才生出来、长出来了吗?

我可以无愧地说:"我做到了。"杰出人才长出来了吗?确实长出来了,而且量还不小。学术界、教育界、体育界、企业界、实业界、事业界,都有许多的杰出者。

四次学术会议

近 20 年，共举行了四次研究我的教育思想的全国性学术会议，颇有点紧锣密鼓的味道。

前三次是研究我的教育思想，第四次就没有了"教育"二字，干脆就研究我的学术思想了。哲学思想、管理学思想、美学思想、伦理学思想、文学思想，还有音乐思想、体育思想，我思想的触角伸到了自己能够想到的所有方面。

四次都是全国性的吗？湖南、湖北、北京、上海、南京、厦门都来了人，应当可算"全国性"了吧。四面八方的诸多好朋友抬举我，提携我，令我感激不尽。人世间的温暖环抱着我，也给了我无穷的力量，不敢有一丝一毫的懈怠。

研究我的学术思想的第四次全国性会议，是 2019 年 6 月举行的。会上，我有一个致谢辞，现抄录如下：

答谢辞

各位同学、各位同窗、各位同仁、各位同行、各位同事、各位同僚、各位同道：

谢谢了，谢谢各位的关注、抬举和支持。

60年前，不知是哪一位上司有那么大的胆量，让我没有经过为教授拿粉笔、擦黑板的阶段，就直接登台主讲了，让我糊里糊涂讲起了深奥的微积分。只有一位老师，在我上完了课之后去看了看我写在黑板上的符号，看看我是否将一位德国数学家魏尔斯特拉斯关于描述极限的专门术语准确地掌握了。这位老师就是后来一路引导我做人、做学问的恩师李盛华。他点头了，我也就可以放心了。

虽然由于时局所限，在大学本科念书的时间仅有一年半，但因基础打得还可以，后来我通过自学走到了、熟悉了当时数学的最前沿。在这个过程中，我做了一万多道数学习题。勤奋了，努力了，但因数学天赋不够，没能做出大一点的名堂来，没有走到"家"。

说是我扎扎实实从教60年，也说得过去，因为我直至今日还在从教，还站在三尺讲坛上。我没有申请75岁退休，不知道是否需要申请，也不知如何申请，上面却让我75岁才退休。退休后，我又退而未休，讲课，带研究生，一切照常。然而，还有不扎实的地方，那个"史无前例"时期的头三年，就无法从教了。还有一些小折扣，实打实我从教五十六年余，四舍五入，勉强说从教60年。经过两年，就足足从教六十年了。

承蒙学校领导蒋洪新等看重我，承蒙教科院诸位费心费力，组织了如此大型的学术会议，让我感激不尽，难以忘怀。

我的父亲

15 年前，在上海的一次学术讲座开场前，主持人杨德广在介绍我时，给了我一个突然袭击，他说："我今天给大家请来了一位哲学家。"这让我大吃一惊，并且让我惊魂未定地又跌跌撞撞走过了十五年。杨德广兄的这一鞭子抽在我身上，让我时刻不敢懈怠。谢谢杨兄当年看错了人。如果当年我误认为他没有看错的话，就不会有今天的我了。我本已是不用扬鞭自奋起的人，可是，他这一鞭子，还真让我快马加鞭了。

当年，杨德广、张文祥、刘献君、朱业宏、蒋洪新、蒋冀骋、张国骥，都给了我许多的鼓励和支持，一个篱笆三个桩，一个好汉三个帮。我这半条好汉，也需要三四个帮，三四十个帮，三四千个帮。那个帮助了我的人的名单，还在增加着、扩充着。三人行，必有我师。不同行的，还可通过文献与古今中外的无数智者对话，虔诚地请教他们，无数的"师"也就站在了我的面前。并且，当我知之越多时，方知自己知晓得越少。当一个人的球越来越大时，他更能知晓球外的未知世界越大。

我出的第一本书、第一篇论文，都是数学方面的，又都出现在具有时代特征的 1979 年，距今恰为 40 年。

我教书 60 年了，写书的时间则只有 40 年，这 40 年中同时做行政管理工作的时间是 30 年，亦即百分之七十五的时间里是"双肩挑"的。好在我是一个思考着的管理者，又是一个管理着的思考者。从我的体悟看，学术与行政不仅可以不冲突，还可以相互促进。想什么，做什么；做什么，想什么。没有只做不想的，却有只想不做的，有纯思辨的。毫无疑问，纯思辨能让人走得更远，更深。

人是文化的存在，人是神性的存在，人是美的存在，人为思想而存在，为情意而存在。

笛卡儿的"我思故我在",是属于理性主义哲学的。我的"我在故我思"是存在主义哲学,是属于非理性主义哲学的一种。大学是因思而存在的,又是因存在而思的,大学的一切特性都是从人那里获得的,大学将人所赋予它的,又赋予人。

当我说着这些似乎让人摸不着头脑的话时,我总是情不自禁地回首15年前杨德广兄用"哲学家"那一鞭子打我的那种感觉。那是痛苦的感觉,又是快乐的感觉。我们汉语里,将高兴说成是痛快,是痛与快的融合。痛痛快快,越痛越快乐。"痛快"一词深含着我们中国人,我们中华文化的语言哲学。苦难与幸福决非天上与地下之别,何况,天地也在咫尺之间。王洛宾甚至说:"苦难也是一种幸福。"人们由此可以想象,为什么他能在发配边疆之时,写出《在那遥远的地方》这样的名曲,并为联合国教科文卫组织认定为世界名曲。如今,这已是有口皆碑的了,不仅普通人唱,不仅家喻户晓,还有中国的三大男高音的合唱。

六十年来,特别是近二十多年来,我已充分意识到哲学、智慧、神话,三者是一回事。每个人都可以达到这三者统一的境界,有人可一步登天,达到这种境界,我们凡人就分两步、三步登天。不到长城非好汉,不到天上看看亦非好汉,让这三者同时融于我们身上。

第一步到不了哲学,就从理论开始走,多走几步,把脚印踩深一点,距哲学就越来越近了。

第一步到不了智慧,就先到达聪明吧,在聪明的路上多多地哲思,第二步、第三步就可能到达智慧了。在智慧的天梯上进一步攀登,说不定还成了天才。百分之九十九点九的人是聪明的,百分之二十左右的人是哲思的、智慧的,万分之一的人是天才。中华大地,九州大地,是人才辈出之地,是天才生长之地。

·我的父亲·

　　第一步到不了神话，就多说一些笑话，一百句笑话中可能含有笑料更高的两三句话，那兴许就是神话。神话即人话，神人在凡人之中；神人说神话，凡人说笑话，彼此的距离也没有那么大。笑话说多了，说神话的机会势必大起来。我还有这样的体悟，在我的一辈子中起码说过一万句笑话了。言谈时说笑话，书中写笑话，堂上讲笑话，聊天时笑话连篇。这样，由于笑话说得很多很多了，一万句笑话中百分之一是神话，那就有一百句神话了。神话何其多矣！

　　笑话说了很多，神话也会跟着多起来；神话说多了，我们自己跟神也就差不了多少了。

　　今天，从四面八方来到这里的朋友，多半是为了猎奇，多半是看到了我身上有几分新奇。不过，当各位爱好猎奇，爱好神话时，自己也向神奇靠近了。让我们一起向神靠近吧，如此这般，那天上的神，就正在向我们招手哩！

　　我心中的神是我们伟大的中华民族。黄河之水天上来，当黄河之水从天上流进我的心中时，就成了我的血脉，就铸成了我的魂。这是我能拥有一切的根源，黄河、长江的滔滔不绝流水，流淌在我心中，流淌在我的灵魂里。

　　湖南师范大学是一片神奇的土地，从这里走出了众多的杰出人才，文学家、科学家、哲学家、思想家、企业家，还有学问家、改革家，更不乏演说家和评论家。

　　湖南师范大学这片神奇的土地是960万平方公里的神州大地的一部分。如果我们不能在湘江之滨的这片土地上展现神奇，就有愧于神州大地了，也有愧于我们自己。

　　我要再三再四地感谢各位的光临。

　　感谢我的大学和学校领导的关心。

感谢教科院不辞辛劳的组织安排。

我衷心感谢我的父母，祖宗，我们伟大的民族。

感谢关心我的无数朋友，感谢教育了我的大中小学老师，还必须感谢那些批评过我，跟我持不同观点和反对过我的朋友。

感谢给了我许多帮助的学生，将他们的名字列出一个长长的清单来，是十分困难的。

感谢我的家人给我带来了天伦之乐，尤其感谢我的爱人彭英，她出身名门武汉大学，为了我的学术和行政，至今她还操劳着，还辅导着孙子辈。

谢谢了，谢天谢地，谢谢黄河、长江。

在我感谢完毕后，确有人掉下了眼泪，是为我的演讲所感动的，还是被那些事感动的？

我已有著作涉及的领域是：数学、心理学、教育学、高等教育学、课程学（以二级学科为准）、伦理学、美学、音乐学、体育学、管理学、哲学原理、文学（诗）。相应地，我有了数学哲学（方法论）、教育哲学、高等教育哲学、课程哲学、管理哲学、阐释学、人文主义哲学等。没有著作，但论述过的，还有语言哲学，体育哲学，人间力学。我的好朋友马卫平出版了一本《体育哲学》，这在中国体育界是独一无二的。在他的写作过程中，我也为他作过一点参谋，提过一些建议。毫无疑问，我们的体育界也需要理论，需要哲学。

认为搞体育的人，是四肢发达，头脑简单，这是偏见，而偏见比无知走得更远。

我被研究得如此之多，似乎成了现象级人物，无论怎样，我们需要有更多可被研究、被关心、被思考的人和事。唯有深刻才值得去探究，去挖掘，如探宝。深刻的东西只有深入的研究才可能找到，哲学最能帮助我们找到深刻，达到深刻。哲学本就是深之又深的，不深刻的，不是哲学，没有走到哲学之地。

在这四次全国性研究我的教育思想、学术思想的会议上，发言的可能也就是五十多位吧。然而，以有研究著作或研究论文为标准，研究我的学术思想的，已有五百多位（黎利云博士的统计）。如今，我还在思考着、研究着、写作着，不为有人研究我，只为抒发我，叙说我，说自己想说的话，做自己想做的事。

每个人都可以开发自己，发展自己，丰富自己，创造自己，完成一个永远难以完成的自己。

为谁活着

父母为子女活着,孝敬的子女也为父母活着,为祖先而活着,为民族而活着。

教师为学生活着,勤奋学习的学生也为教师而活着,要对得起辛勤教导自己的老师。

校长为师生员工而活着,对于一位优秀的校长,师生员工也乐意为他而活着。

商人为消费者而活着,消费者也愿意将有良知的商人放在心中,记在心中。"无商不奸"的时代基本上过去了,市场经济天然地让他们对消费者负责。

军人为国家安全而活着,政治家为民众、为国家繁荣昌盛而活着,为民族复兴而活着。

自我意识是人最宝贵的心理,首先从自己出发,渐渐想到父母、祖先,想到天地君亲师。

我们不能活在他人的阴影之下。

如果我们因有人轻视自己而难过,就是亏待自己了。

如果有人误会了自己，我们去在意的话，那是十分不合算的，十分不值得的。

如果有人对自己发出了错误的言论，我们竟然加以理会的话，那是以他人之错惩罚自己了。

为人间的善良、善意、善行所感动，不惧人间的恶行，像泰山一样不为之所动。

人不在于活多久，而在于怎样活着。聂耳只活了二十多一点，却留下了不朽的《义勇军进行曲》。

基尔凯戈尔只活了四十出头，却留下了存在主义哲学，开辟了哲学的一个新领域。

我也能够安慰自己，如果20岁开始写书，一年写一本，我就已经活到一百七十岁了。

我为何活着？作为儿子，为父母双亲活着；作为学生，为各位教育了我的老师而活着；作为校长，我为师生员工活着，为这所大学活着；作为炎黄子孙，我为中华民族活着；作为人类的一分子，要为人类文化添砖加瓦而活着。活在当下，也活在历史与未来，活在传统与现代，还活在中国与世界的连接之处。我还必须为我的爱人活着，为儿子活着，为孙子辈活着，当然还需要为自己活着，活出个样儿给自己看，连自己也看不过去了，还怎能言及其他呢？自己的事情自己做主，听一听父母的叮嘱，听一听老师的教导，听一听同窗的勉励，最终还是靠自己前行。

唱着歌，写着诗，撰着文，教着课，打着球，散着步，每晚睡好觉，这就是我的生活，这就是我的活法。在这个活的过程中，发现自己，发展自己，还创造自己。

三生有幸。其实，自己能够说了算的，只有今生，来生能有几个人予以评说就很幸运了。刘献君兄说，三五十年后他的思想会大放异彩，这是他的一个预计，当然也可能是他的一个愿望，而我所仅仅集中的一点，是活好当下。

实际上，我没有想那么多，也不可能想那么多，不可能让自己去想那些想了也没有用的事，这是我的经济思维原则，也是我的经济生活方式和原则。将最好的精力用于去思考那些最值得思考的问题，去做那些最值得去做的事，说起来容易，做起来并不很轻松。那几个"最"字在哪里？这就不容易把握。常言道：只有更好，没有最好。可是，有了更好，人们总还是想寻求更更好，以至最好。

还是那条最有效、最实在的原则：为学术而学术，为研究而研究，没有不为着自己国家的愿望。然而，一切美好的、高尚的愿望，都取决于自己的行动。

真正明白了要珍惜时间，对于我，可能是上了大学以后的事，从此也开始勤奋起来了。少壮不努力，老大徒伤悲。我的少壮也起自大学时代。如今可以说不必伤悲了，对得起父母双亲，对得起生我养我的这片土地，对得起天地君亲师了。

我的地盘我做主，我的时间我做主，我的生命我做主，当家作主，当好这个"家"吧。

"知足常乐"，是就物质生活而言的；总不知足，是就精神生活而言的。物质与精神有联系，首先是有区别，无区别了，一回事了，就谈不上有什么联系了。

我不太喜欢"本质"一词。常听人说"本质联系"，什么是联系？什么样的联系叫"本质联系"？没有什么本来之质，质都是生成的，连地球的质也是生成的，何况是人呢？所不同的是，人有意识，人可以有意识地发展自己的质，发展优秀的品质，除去不好的品质。不用"本质"一词，我就常用特质、实质、性质、品质等。

　　为谁活着？我为学术而活着，为研究而活着，为读书、教书、写书、捐书、藏书而活着。

我的哲学

　　凡哲学，都是个人的哲学，时代的哲学。我的哲学当然是我个人的，也是与这个时代不可分割的哲学。我十分幸运，有了一个让自己好好做哲学的时代。

　　我的哲学主要是以人为主要对象的，这种哲学被称为非理性主义哲学。我不可能做以自然为主要研究对象的理性主义哲学，这也是我的哲学的时代局限性。在非理性主义哲学方面，我涉猎到了阐释学、美学、伦理学、存在主义哲学、教育哲学、高等教育哲学、课程哲学、管理哲学等诸多方面。我将自己的哲学统称为人主义哲学，或简称为人哲学、Z哲学（Z是zhang的第一个字母）。在我的哲学著作中，《人论》《人是美的存在》《大学是什么》《初中生哲学》可能更为重要。

　　《数学方法论》勉强可以算一本哲学著作。此外，若以现有著作为标准，我在哲学的路上，也就走了 19 年，我的哲学著作总计已 22 部了。我在哲学上的潜能或许挖掘得差不多了，山穷水尽，还会有柳暗花明又一村吗？那就拭目以待吧。

对于我与哲学有缘这一点，我父亲的在天之灵，是会深信不疑的，并且会认为我能做得不错。至于我被人称为哲学家，这一点也会在他的预料之中。我和我父亲之间，有一种天然的心灵感应，我所想所做的，都会在父亲的想象之中、预见之中。

每当有人称我为数学家时，我都立即回应，我真没有在数学上走到"家"，不能以讹传讹，更不能欺世盗名。图虚名，遭实祸。这个道理我早已十分明白。

另一方面的事实知道的人就不多了，虽然我在数学领域没有做出什么大的名堂来，但是，数学在发展我的形式逻辑思维，尤其是在发展我的辩证思维上，帮助极大。微积分、突变函数、泛函分析是活的辩证法，数学帮助我顺利地转向了哲学。哲学行，应当数学也行；反之亦然。自毕达哥拉斯直至罗素，都是哲学家和数学家兼于一身的。如果我是数学家的话，那早被人认为是哲学家了，那么，数学家和哲学家兼于一身的情况就还在我身上延伸。然而，遗憾的是，我真称不上数学家。很可能，数学家和哲学家同时兼而有之，是越来越困难了。有其中一"家"就很不简单了，冯友兰、贺麟、吴文俊、华罗庚，都只有一家。至今，加在我头上的"家"已足够多了，无论如何不能多多益善，不能把数学家的帽子也戴在头上。蒋冀骋称我为管理大师、学问大师、思想大师，然而，我跟数学大师还差十万八千里，天上地下之差啊。

我的文学

我的哲学是指我做过、研究过的哲学，同样，我的文学也是指我思考过、做过的文学。

念中学时，我写过一部小说，写过一首长诗《母亲》，纪念我的母亲，歌颂天底下的母亲，但都没有留下手稿，也根本没想到要留下手稿，纯粹是为写作而写作，为纪念而写作，也为兴趣而写作。渐渐地，也多了一些想法，多了一些目的。不过，目的多了，想法多了，不见得是好事，弄得不好，就可能让人分心了。

文理工，这是历史留下的顺序，也是逻辑刻画出来的顺序。没有一流的文，就没有一流的理；没有一流的理，就没有一流的工。显然，当年我喜欢文，不是因为知晓了文的地位，不是为了站在第一的位置上，否则，那不是真喜欢。

念高中时，国家有一个口号：向科学进军。百废待兴的国家，急需发展科学。这时，科学主要是指自然科学，尤其是指工程技术科学，简言之，尤其是指发展工科。

高中毕业前夕，体检时我被检查出色盲，什么工科也不能学，物理、化学、生物也不能学，只好学数学。后来我才知道数学是理科中的文科，我的大半个身子又转回到文科来了。更后一些时候，我还知晓了数学跟哲学是亲兄弟，自古以来的兄弟。

中学奠定了语言文学基础，对我后来的学术工作产生了长远的影响。无论做哪个学科的学术研究，我们都是用汉语来进行思考的。早一些年，文学院的教授们称赞我驾驭汉语言文学的能力很强。殊不知，我在中学时就奠定了较好的基础，其后又得到了进一步的发展。说了那么多，写了那么多，能不发展吗？人们说，熟能生巧。我已写下了四千多万字，熟了吧，也该生出一些"巧"来了吧。

对汉语，说"驾驭"实有所不敬。我觉得自己对汉语是热爱，因运用而热爱，因热爱而越用越娴熟了，对汉语也有了更多体悟，对汉语的字、词、句，乃至成语、歇后语，我都分别作过详简不一的研究和论述（见我的《语言与人》一书）。

我还写了近两千首诗，会唱两千支以上的歌，这让我对汉语有了更深切的了解和体悟。写诗、唱歌，与从事学术研究工作，彼此间是相互影响和促进的。逻辑与直觉、归纳与演绎、分析与综合，能够得到更好的、相互融合的发展。

我的体育学

我出版了《体育与人》一书，发表了《体育：宝贵的教育资源》的学术论文。对此，我的父亲都会深信不疑。对于我的体育运动能力不强，可能是他想不到的。除了乒乓球这样的小球外，大球（篮球、排球、足球）我一样都不行，尤其是作为运动之母的田径，我不是一般的不行，而是很差很差。百米我跑14秒，跳高我跳不过1米3，一个径赛的基础，一个田赛的基础，我都差，在不及格的行列里，很笨啊。

天底下，千奇百怪；人世间，无奇不有。

就田径而言，我爱人很强，我很差。

下一辈中，大儿子很强，二儿子相当差。

孙子辈中，杨扬、偲偲很强，璨璨差。

我的田径运动成绩差，从总体上看，我的体育运动水平都很低。但在体育运动理论上，并不差。我不仅自己有了体育学方面的理论著作，还辅助马卫平写出了《体育哲学》一书

（北京体育大学出版社2014年出版）。马卫平成了中国体育理论界当之无愧的头面人物。

基于他的功底，他的潜能，最近，我还建议他写《体育美学》《体育心理学》《体育伦理学》《体育管理学》《体育经济学》《体育文化学》《体育社会学》《体育历史学》《民族体育学》《传统体育学》《校园体育学》这样一个系列的著作。还有CBA、WCBA、NBA、WNBA的许多故事，求解明的故事，郭艾伦的故事（郭乃亚洲最好的控卫）。中国男篮有过世界第八的好成绩，中国女篮更有过世界第二的极佳战绩（王亚民任主帅时期）。当然，战绩辉煌的，是中国女排。中国女足也打过世界第二，中国男足最好的时期是容志行（中场）、左树声、古广明（前锋）时代。那时候的中国女足、中国男足都是亚洲霸主。如今，女足依旧，男足就需奋起直追了。努力吧，中国男足队员个个都不缺运动天分。

体育界有我许多的好朋友，诸如刘齐贤、徐祖本、袁怀武、官士琨、孙洪涛、唐煜章、张燮林、马国立、岑传礼等，还有西北体育学院的院长文超，更有马卫平、刘勇等。

从古希腊至古典哲学盛行的德国，都将体育摆在第一位。体魄，体魄，肉体与魂魄是连在一起的，身躯与运动是不可分割的。汉字里的"坟"字，意味文入土，文即魂，人的灵魂一起进土，入土为安。我深信灵魂不死，父母虽已远去，但他们的精神、他们的灵魂还在我的心中。孔子早已远去，但孔子的灵魂还活在今天亿万中国人的心中。每个人都可以锤炼自己的灵魂，都需要净化自己的灵魂，使之强大永生。

人人都是自己灵魂的主宰者。

我的管理学

我的管理学受益于下象棋、写诗、唱歌，受益于对教育的理解，对大学的理解，还受益于上级对我的信任和支持，并且，学术研究也极有利于思考管理。

众所周知，作为一个学科类，管理学是最年轻的，一百年刚出头，若从西蒙提出管理科学算起，那还不到一百年。至于管理哲学的出现，就更是近期的事了。查尔顿的管理哲学，不被认为是走到了哲学的。我本人的管理哲学，则肯定到达了哲学。唐桥博士正在将其翻译成英语，届时，英译本肯定会在欧洲出版面世。

管理学是因现代社会经济、科学、文化等方面的繁复多样、规模庞大、组织复杂等因素而形成的。所以，对于管理学率先出现在英美等发达国家这一事实是好理解的。迅速发展着的中国，对于管理理论的需要，势必随之增长。

我在十多年前就出版了一本《学校管理学》

的著作。经由了这个理论阶段，再走到管理哲学，基础也会比较好一些，但一步登天跳到管理哲学也不是不可想象的。从事实、经验，到理论，到哲学，三步当作两步走也是能够想象的。比记忆力更重要的，是理解力；比理解力更重要的，是想象力。想象力能带我们走得更远，飞得更高。人是能够超验的，不必事事都去亲力亲为。人的一生中，百分之九十以上是间接经验。文化水平越高，知识越多，这一比例越高。

管理是理管，重点在"理"字上。并且，除了以理服人外，还需以情动人。晓之以理，动之以情，情理交融。激情与理智，总是相辅相成的。缺一桩，效果都不佳。

由管到少管，由少管到不管，管理就到达了一个最高境界。

在我做校长期间达到了这种境界吗？至少，师生员工都不觉得我是在管他们，而是跟他们一起建设自己的学校，一起读书、教书、写书、出书。事实上，我从心里就不喜欢那"管"字，竹字头，很硬；官字身，高高在上。这一切，与我无缘，与我毫不相干。

蒋冀骋称我为管理大师，他从管理的效果上看过，但从管理的理论和哲学上看过吗？从管理理论上看过的可能性比较大，从管理哲学上看过的可能性比较小。仔细想一下，我在管理上不走到理论、不走到哲学的可能性不大。

健全的身体是有自组织力的，比如说，你的血液循环是你不必管的，也管不了；你吃下去的食物，怎样消化、怎样吸收，也是自己管不上、也不必管的。一所管理已上路的学校，亦必有很强的自组织力。上午八点一到，教师、学生就不必由校长召唤，而拿着自己的课本，奔赴自己的教室了。开什么课，课表如何编排，如何复习，何时考核，何时考试，笔试还是口试，都无需行政部门管了。越成熟的个人，越成熟的团队，越成熟的学校，自组织力越强。

个人、团队、学校怎样才能成熟起来呢？这需要一个过程，但主要不是时间问题，穷人的孩子早当家，自我磨砺，自我意识的增强是关键。少被他人管着的人，容易学会当家，学会自主。有个"自作主张"的说法，似是贬义的。这就奇了，怪了，主张不自己作，还由别人作吗？既是别人作的，又何以称得上是"主张"呢？

孩子被父母管多了，孩子的出息不大；学生被行政人员管多了，学生的出息不大。

我的父亲基本上不管我，很放手，所以我独立生活能力、自组织力比较强，所以有点出息。书要自己读，老师没规定要读的，自己也选读；作业自己做，做完了老师布置的作业，还做自己想做的作业。这也是老师比较喜欢的学生。教是为了不教，这是教师的信念；学是为了更好地学，这是学生的信念。迟早要丢掉拐棍的，迟丢不如早丢。一辈子的路，百分之九十九点九九，是需要自己去走的。

实际上，管理是无处不在的。仅就个人而论，一天怎样安排，一周怎样组织，一月怎样布置，一年如何计划，甚至于一天上午做什么，下午做什么，晚上再进行怎样的活动，也都要有筹划，比较周全的筹划。这一切，不都在管理之列吗？

家庭也是有众多的事务需要料理的。我爱人就打理得特别好，衣食住行的事都能顾到，还把对儿子的家庭教育也考虑清楚了，乃至于延续到了孙子辈。

管理是从小范围到大范围的，管理自己，管理一个家，管理一所大学，管理一个省级政府，甚至更大规模、更多种类的管理。

我本人比较熟悉、比较在行的，还是大学的管理，并且，这也是我比较感兴趣的管理。更大规模、更大范围、更多种类的管理，我未必不行。然而，这里也有个人兴趣问题。只不过，父亲不希望我从政。而我自己对于从政，兴趣也不大。我一再说，我们社会所需要的人是多种多样的，从政的人，也是必需的。

我的心理学

"我的心理学"当然是指我在心理学方面所做的学术工作。

心理学是教育学的母学科,当我投入教育学的教学、科研时,情不自禁地研习起心理学来,还写出了三本心理学方面的书。我戏称自己的心理学是心"里"学,是从心里面流出来的、琢磨出来的。这很真切,不是很深刻。然而,是否真的深刻,还得由他人评论。至少有一桩,在我的许多"家"中,尚无一人称我为心理学家,充其量可以说我是在心理学的河边上走过几步。

心理学是一门十分古老的学科,古希腊人称之为灵魂学。事实上,在汉语里,"心"就表示精神、意识或灵魂。1899年,德国心理学家建立了实验心理学。实验心理学主要适用于认知心理。因而,实验心理学取代了思辨心理学的地位。教育心理学或发展心理学、人格心理学或个性心理学、社会心理学、商业心理学、企业心理学、军事心理学、运动心理学、特殊心理学等心理学的分支在日益增多。在某些学校里，建立了心理咨询中心。在一些发达国家还建立了心理医院，而在一些贫穷国家，生理医院还严重不足。差别还是那样悬殊啊。

　　人的生理和心理是不可分割的，恰如肉体和灵魂不可分割。医生给人看病，既看生理，又看心理。我的父亲长期从医，自然深知生理疾病与心理的关系，很注意安抚病人的心。人的心情一好，体内的许多积极因素便可有效地调动起来。

　　癌症目前尚属恶性疾病。据说，三分之一的患者是治好了的，三分之一是治不好的，还有三分之一是吓死的。如果有效地辅之以心理治疗，这最后一种情形的死亡率就可大为下降。

　　教育心理学（又称发展心理学）是我自然看重并予以实际运用的，如讲课时察言观色。学生的表情可以告诉你许多。当他们紧锁眉头时，你还能不改变一下讲授方式吗？当他们笑逐颜开时，虽然你可以放心往下讲，可是再加深一点，让他们的欣喜还收敛一下，这也是有必要的。这就看如何拿捏得恰当。这就叫做教学艺术。这是靠心灵的彼此映照的。当学生的眉头紧锁时，你要能够让他们的"锁"打开；当他们笑逐颜开时，你需要让他们适时收敛，以至于让他们收放自如。

我的伦理学

物理学讲的是物质世界的规律、道理，地理学讲的是大地的道理、规律，数理是用数学方法描述事物发展的规律，伦理则是讲述人间的道理或规律。天有天伦，地有地伦，人有人伦，各自运行，各有各的运行规律，各有各的道理，还彼此关联。

我写了一本《伦理学》，出版社的编辑给我加了"浅论"二字。其实，我写得并不很浅。可是，出版社讲究发行量，写得太深了，就没有几个人买了。我是善于妥协的，妥协也是一门艺术。这也是厚道，从父辈那里继承来的厚道，厚道也更能办成事。后退一步，海阔天空。我自己不是强硬派，也很不喜欢强硬派。跟厚道相近的一个词，叫做和稀泥。我自己很喜欢和稀泥，自然也喜欢跟和稀泥的人合作共事。一天到晚扯皮，没完没了，能办成几件像样的事情？

在家里，我是"和事佬"，带来了家庭和

睦。在朋友中，我是"和事佬"，带来了朋友间许多的愉快。在学校里，我还是和事佬，带来了学校的发展兴旺，学术水平、整体的办学水平不断提高。我觉得，在学校里，师生员工只有一条原则：老师好好教书，学生好好读书，行政人员为师生好好教书、好好读书服务。需不需要远大理想？需不需要为了社会的发展？当然需要。但是，这都要立足于今日的好好读书、好好教书。舍此，那就是说大话、说空话了。我们吃假大空的亏还少吗？

伦理学就是道德学，通俗地说，伦理学就是关于做人的学问，每个人都需有的学问。伦理学不是论述人与人的关系的。各行各业的人，有与各行业相关的伦理学，如商业伦理学、企业伦理学、教务伦理学、医务伦理学（与我父亲相关的伦理学，救死扶伤的伦理学）。人对社会、对环境的态度折射了对人的态度，于是，有社会伦理学、环境伦理学或生态伦理学、管理伦理学、家庭伦理学、学校伦理学、体育运动伦理学……十八行、二十八行，就有十八行、二十八行的伦理学。

无论是文人、艺人、商人、军人、学人、农人、工人，不同年龄的人，都有做人的问题，因而，都有伦理学问题。学好千日不足，变坏一日有余，时刻不可放松自己。这样，做人岂不很难了吗？说难也难，一刻不可松懈；说易也易，好人还是更多的。

法律和道德是支撑一个社会的支柱，一根也坍塌不得。没有法律不行，总有少数亡命之徒的，只有用法律对付他们；没有道德也不行，没有普遍道德的支撑，那牢房也会人满为患。对于那些道德修养极高的人，他们拥有宽阔的道德地带，距离触犯法律还远着呢。不过，也有法盲而无意触犯法律的，所以，需要普法教育。这样，法律学、伦理学也都成了学校里的重要课程、必修课程。

最早的古典大学（如博洛尼亚大学）下属的四大学院之中，

就有法学院。这表明，大学也是最早醒悟到社会是需要法律的，是需要有法制并实行法治的。

我们国家的发展史上曾经历了"史无前例"的无法无天的时期，此后，人们痛定思痛，以彭真委员长为代表的一些人努力健全我国的法律制度，让我们国家逐渐建立了立法、司法、执法的完善体制，整个社会也渐渐走向法治时代，进入到了有法可依、有法必依、违法必究的一个新时代。法律和道德一起，保障我们的复兴之路。

任校长期间，我提出并实行过目标管理、民主管理、法规管理、人格管理。我将外部（上级）对于学校的关系称之为治理，学校自身的则称之为管理，以示区别。治理是外在的，管理是内在的。这只不过是我个人和当时我们学校的一种理解。自己要让自己听明白，做明白。以其昏昏，使人昭昭，是不可能的。

王子犯法，与庶民同罪。封建社会尚且有这样的理念，何况是现代社会呢。现代社会里，这叫做法律面前人人平等，跟真理面前人人平等、伦理面前人人平等，是并列的。人生而自由、生而平等，首先就是生存上、生活上、权利上的平等。

"我的伦理学"就包括了我对伦理学的学术研究，包括了我自己在伦理道德上的践行。理论上一套，行动上是另一套，那不是我。理论上的巨人，行动上的矮子，那不是我。做人、做事、做学问需要高度的一致，并且这几方面是相互促进的。

君子与小人的区别，就在伦理学上。君子坦荡荡，小人长戚戚。身正不怕影子斜。千万种不同行业里的人，有个共同的使命：做人。并且，这是第一使命。

伦理学这一人类古老的学问，必将永远延续下去，并且还将开新花、结新果，开不败，结不完。

我的数学

经历了许多歪打正着的事。中学本喜欢文，为响应"向科学进军"的号召，转向工程技术；本想转向工科、理科的，却因色盲而选择了数学；本想在数学上好好做一做的，却因数学天赋不够而选择了教育学、心理学、伦理学、管理学、哲学……还会不会再转来转去？小的拐弯可能还会有，大的拐弯不太可能了，转不动了。转身可是要用力气的，如今，我已年迈，转身的力气越来越小了，有朝一日会转不动了的。说来，我在学术上，乃至在行政上，我七弯八拐的事还真不少，时代让我成了一个幸运儿，让我东南西北风都刮过，酸甜苦辣都尝过。

虽然是数学本身，没有做出什么大的名堂来，然而，数学对于我转身的帮助极大，尤其是帮助我转向哲学。这个转向算华丽吗？算接近华丽吧。渐渐地，我发现哲学真的适合我，或者说，我适合做哲学，还已在哲学的路上走了相当长的一段路程，乃至于叫我哲学家的人还越来越多了。我喜爱哲学，哲学就会爱我。虽然我喜爱数学，数学也喜爱我，但在数学上，我没能走多远。如果由我的父亲来判断，他还很可能认为我会走得很远；果真如此，在这一点上，我让父亲失望了，我不可能在所有方面都如父亲所愿。该告慰父母双亲了，我不是万能的人，你们对我的期待需要下调一些了。有时候，期望值越高，失落感越强；自然地将期望值下调一点，满意度可能更高。

至于自己对自己期望得越多、越高，那就很可能为自己增加过多的心理压力。

人们认为我出身数学而逻辑性强，殊不知，数学主要是靠直觉，是靠归纳而非演绎。直觉、归纳才是大买卖，逻辑、演绎只是小买卖。小买卖也要做，但相比而言要容易百倍。换句话说，直觉、归纳才属于创造性思维，才会出创造性成果。

很多人认为我记忆力好，却几乎无人认为，或无人说过我想象力强。较之记忆力，更上一层的是理解力；较之理解力，更上一层的是阐释力或阐发力；较之阐释力，更上一层的是想象力。其实，无需讳言，我是比较富于想象力的。在学术研究上，在行政管理上，最重要的、最需要的还是想象力、预见力、预判力。不能说料事如神，然而，我是"神一样的存在"（高晓清语）。

·我的父亲·

我的教育学

我投身教育学，是既主动又被动的。对于主动，很好理解，没有人用鞭子抽，硬要我投身教育学；说被动，是因为转入行政工作后，数学做不下去了。白天做行政，晚上做数学，从事数学所需要的连续性思维无法保障了。如果白天做教育管理，晚上做教育研究，这就挂上了，可相互促进了。这就是我的被动转身。久而久之，也变被动为主动了。总是被动的日子，是无法长久过下去的。

我做教育学是半路出家的。起初也有人怀疑，这位半路出家的人，能走到"家"吗？长沙东面的某个城市的某个大学，就有人持怀疑态度。后来，我从教学原则的研究，做到教育理论的研究，还写出了教育哲学的著作，怀疑的人不再怀疑了。我清醒地知道，被人怀疑，跟被人信任相比，被人怀疑要安全得多。

很多很多人可以做教育学，很少很少人能

够做教育哲学；很多很多人可以做高等教育学，很少很少人能够做高等教育哲学；很多很多人能够做课程学，没有几个人能够做到课程哲学。系统的课程哲学，在2013年之前，尚无人问津。

　　教育的历史几千年了，广义的教育与人类历史同龄。然而，发展到教育哲学，则是晚至1848年的事了。这是以德国学者逻逊克兰兹的《教育体系论》为标志的。该书由布莱克特翻译成英文后，它名为《教育哲学》。关于教育哲学，在我们国家就有几十种不同的版本。可是，将教育哲学直接做到了人自身的，还只有我的《教育哲学》，这是2006年由教育科学出版社出版的。有中国学者做到了人生，而人生距离人，还有一步之遥。何止是教育理论，其他学科理论要想跨进相应的学科哲学，均非易事。

　　我是数学专业出身的，有条件将公理化方法运用于教育学，并且，我事实上建立了教育学的公理系统（由存在公理、能动公理、反身公理、美学公理、中介公理组成）。这算是一种尝试，如果这一尝试成功了，就又算是数学助了我一臂之力。

　　我几乎在自己涉及的所有领域，凡到达了理论的地步，又都发展到了哲学，有些还一步登天，直接到达了哲学层面。哲思成了我的习惯，它自然地深入到我所涉猎的领域。对此，我已有的二十多部哲学著作可以作证，它们就涉及众多领域了。

　　数学对得起我，帮了我很多方面的忙；我对不起数学，下辈子再去为数学做些补偿吧。

关于高等教育学

我出版了一本《高等教育学导论》。关于这本书，还有个故事。

华中科技大学一位新上任的校长，请教高等教育学领域里的专家刘献君，问做校长该看些什么相关的书。这位校长很不错，知道要想做好大学校长还是需要有理论武装的。于是，刘献君就为这位校长开了一个书目清单。然而，当刘兄第一时间看到，并看完了我的《高等教育学导论》之后，就对新上任的校长说："那些书都不必读了，只要看这一本就够了。"这一本就正是我的《高等教育学导论》一书了。出乎意料啊！

接下来，还有一个与刘献君有关的故事。2004年，我的第一部《高等教育哲学》出版。我又第一时间寄给了他，他看后评价道：这真是哲学，不是抄来的，是本土的。他的评论总是那样朴实无华而到位，人们还称他拥有朴实的智慧。

刘献君的第三个故事是，他乃第一位称我为天才的人。他论证道：张校长看到的许多问题，我们看不到；看到了的，又没有他说得好，这只有天才才能做得到。

刘献君的上述评价，是建立在如下基础之上的：我不仅将自己的许多著作寄给他，请其斧正，而且还在他主编的《高等教育研究》杂志上发表了格外多的论文；我还应邀在他任职的华中科技大学作学术报告的次数也格外多；自然他对我的了解也格外多。

"大学是什么？"大学是特别能出特别思想的特别地方，这被简称为"三特别"。这是我在华中科技大学发表的学术演讲之一，也被广为传说。后来我将"三特别"又发展成了"十二个特别"：这里，有一群特别的人物，按特别的方式生活，进行特别的思考，以特别兴趣，研究一些特别的问题，在一个特别的思索过程中，得出某些特别的结论，让大学也成了一个特别的思想源，浇灌出特别的花朵，培养出了特别的人才，大学以此特别为社会输送特别珍贵的精神产品。

我以是否回答了"大学是什么"为标准，来衡量一部著作可否称得上高等教育哲学。只回答了什么是大学，大学的使命是什么，目的、任务是什么，原则是什么的，属于高等教育理论而非哲学。例如，纽曼的《大学的理想》便是。虽然这是一部高等教育理论的开山之作，然而，只是开了高等教育的理论之山。

以上述标准来衡量，我认为世界上的第一部高等教育哲学著作，属于德国哲学家雅斯贝尔斯。他的相应著作名为《大学之理念》，跟纽曼的《大学的理想》的书名十分相近，可是，前者为高等教育哲学著作，而后者就只能称为高等教育理论专著了。

此后便是布鲁贝克于1978年出版的《高等教育哲学》一书

了。虽然布鲁贝克是在此书的最后一章才回答"大学是什么",虽然他的回答不如雅斯贝尔斯那样精妙,但他毕竟作了回答。也难为他了,他从形而下一路走来,到80高龄之时,才到达了形而上,并且"高等教育哲学"一词实乃布鲁贝克的首创。布鲁贝克终于走到了高等教育哲学,他可由此而被称为哲学工作者了,可是,雅斯贝尔斯堪称哲学家。雅斯贝尔斯还是存在主义哲学(属于非理性主义哲学)的先驱。

世上第三部高等教育哲学出现在2004年,第四部出现在2010年,第五部出现在2019年,书名就径直叫做《大学是什么》。我自己前不久才拿到手,还是热馒头啊,不烫手,很温馨,韵味悠远。刘颖洁博士还将此书翻译成英文。这三部高等教育哲学著作,都出自同一位中国学者之手,张某可算三生有幸了。牛气,中国学者的牛气。我们期待世上还有第六部、第七部高等教育哲学著作出现,那应当不是我的事情了。我这里已经山穷水尽,柳暗花明的事,应当属于其他学者了。

在我看来,将高等教育哲学做得比较好的,还是雅斯贝尔斯和我张某。高等教育哲学做起来比较困难的原因之一是,既需要懂高等教育学,又需要懂哲学;并且,高等教育哲学实非两者相加的结果,而是融为一体的结果。诚如教育哲学并非教育学与哲学的简单相加,语言哲学并非语言学与哲学的简单相加。哲学,语言学,它们的历史在千年以上,然而,语言哲学刚过百年,做的人也极少。加减乘除,加最容易。可是,要想将高等教育学与哲学"加"成高等教育哲学,最不容易,没有几个人会"加"。1852年,纽曼做了高等教育学,如果一"加"就有高等教育哲学,那么,1852年之后应当很快就会有高等教育哲学,而不会等到1944年《大学之理念》的出现。此时距离1852年,已过去近一百年了。

从某种意义上看，我自己算是一个会做"加法"的人，"加"出了教育哲学，"加"出了高等教育哲学，"加"出了课程哲学，还"加"出了一点体育哲学、语言哲学。我的纯哲学是以人为主要对象的，亦即非理性主义哲学。随后，我还延伸到了许多方面。在哲学上，我通"天"了，研究人了；也达"地"了，写出了《初中生哲学》一书。

我的课程学

教学理论产生在德国，课程理论产生在美国。留德的李秉德先生带回了教学论，留美的张敷荣先生带回了课程论。二位先生都培养了不少优秀人才，输送到了许多高校。顾明远先生、刘佛年先生将两种理论合在一起，形成了一个重要的教育学的学科分支——课程与教学论，自然也是一门重要的必修课程。

学分制同时也在美国出现，这是市场经济向教育领域的延伸。记得当年一个学分是80美元。如果修满160个学分可拿文凭，那么，就要支付12800美元。无需文凭，60岁的老太太想修某一课程，只需交纳80美元，很方便，很自由。

也出现过凑学分的现象，专选那些容易拿学分的课修读。为了保证知识结构的合理性，就附加了一个块状制，相关的每一块都需修读一门或两门。这样，学分制就日臻完美。两年内拿满学分,即获相应的学位。八年拿满也行,一边打工,一边学习。学分制不是想做就一定可以做到的,这与一些内外部的条件也有关联。

附带指出,基础教育与高等教育十分不同。基础教育的受益者,主要是社会,因此,应当由社会买单,政府买单,实行义务教育。然而,高等教育的受益者主要是个人,因而,应当由个人或家长买单。上了大学的人,出路更宽,收入更高,岂能不交钱。贫困的优秀学生可贷款,将来归还,还可为他们设奖学金。

言归正传,还是回到课程学的问题上来。我将课程比喻为教育领域里的基础粒子,对它的研究也就相应地比较困难了。对课程哲学的研究,就势必更为困难了。

如今,就系统的(非单篇的)课程哲学著作而言,世上只有两部,两部皆属于同一个中国学者。令人满意的是有了这两本,令人遗憾的是,只有这么两本。

在教育哲学方面,我虽然发展了、丰富了前人的工作,但具有明显的继承性。

我的《人论》很独特,然而,没有卡希尔的《人论》,就不会有我的《人论》,也有继承性。

我的《课程哲学》这样系统的著作,就无继承性的问题了。这是属于开先河性质的学术工作。从概念到命题,到论述,都具有独创的性质。吹牛了吧?却是有"牛"可吹。我还写过一首诗《吹牛颂》。鸡皮,猪皮,都比较容易吹,牛皮就不一样了。

我们为自己的民族骄傲,为自己的民族文化骄傲,为自己的大学骄傲,为自己的老师骄傲,由此推知,我们就可以为个人自己骄傲了。越有骄傲资本的人,越明白谦虚的意义。没什么可骄傲的,怎么好意思去说谦虚。骄傲与谦虚是同一个事物的两面,那些大学问家,最明白谦虚是何物,最明白其意义与价值。

2001年,眭依凡首称我为学问家;2019年,易建华兄称我为大学问家。18年的时光,"熬"出一个"大"字来了。此刻,我很骄傲了,同时,我也更明白了谦虚的含义。

长沙话里,将喜欢露一手叫做"现示"。有本领,为什么不可露两手,为什么不可"现示"。只有一桩需注意,在多少有点自卑的人面前,还是要收敛一些。

我的父亲给了我充分的自信。自信过了头,被认为是骄傲,不容易被接受。自信不足叫自卑,容易得到同情。怎么判定别人自信过了头呢?我们为什么不可以假定他还不够自信呢?为什么不可鼓励其更加自信呢?自信心,是创造心理学中居于首位的心理因素。所以,优秀的父母送给子女的最好礼物,是自信心;优秀的教师送给学生的最好礼物,是自信心;优秀的校长是能把学校办成自信的学校的校长,让师生员工都充满自信。

我的父亲无疑是优秀的家长。无论是我处在顺境,还是逆境,他都充分信任我。当然,我的父母送给我的最好礼物,也就是自信心,让我受益至今,受用终身。

自古至今,都证明中华民族是勤劳勇敢的民族,是智慧的民族。我们作为学者,作为炎黄子孙,能不勤劳吗?能不拥有学术勇气吗?能不让自己智慧吗?能不努力挖掘自己的智慧吗?我们能枉对民族、枉对父母、枉对老师、枉对自己吗?

我在课程哲学上所做的工作,就没有枉对自己,没有枉对自己的大学和自己的民族。

人要懂得忏悔,也要懂得做出一些出众的事来。还是我的那句格言:生活上与众相同,做事、做学问、做管理与众不同,总是力求做出一点新名堂来。忏悔时,是对着自己的良心;做事时,是挖掘自己的智慧。

课程也有管理问题，并且，我认为学校里最重要的管理就在课程上。尤其是教务处，不妨改为课程处。很遗憾，在我做校长时，对课程的认识还远远不够，不然，在那时我就可以将教务处更名为课程处了。相识恨晚啊，后悔不及了。

开出课程的数量，是衡量一位教师学术水平，衡量一个二级学院，乃至衡量一所大学办学水平的基本标志。质量呢？在课程这样的问题上，质量是最不容易被忽视的。一位教师开的课，如果质量不高，在学生面前的这一关就过不了；一所大学的课程质量不高办得下去吗？同理，一个二级学院在整个大学中的地位也取决于其课程中数量和质量的多少和高低；否则，二级学院院长的日子也不好过，怎么混得下去啊。

依我看，一位副教授需要开出三至五门课程，一位正教授当开出七至八门课程。我个人开出了33门，还可能增加一些。然而，还有比我开出课程更多的人。山外有山，天外有天。还有一点，就是尽量讲自己的东西。写什么，讲什么；讲什么，写什么。我开出的课比较多，与我在十一个学科有著作这一事实是密切相关的。

什么是一门好课？三个条件：第一，一本好教材；第二，一位好教师；第三，有相应的较为丰富的教学参考资料，对于某些课程，则还要有好的实验条件。不同学科对于实践教学的要求，差别是很大的，文理工各自的实践内容就会很不一样。对于一门好课程，条件虽多，但是，关键性的条件还是教师。有了优秀的教师，他就会努力改善其他一些相关的教学条件，有些则是自己创造，有些靠向外争取。教师的教学艺术是决定性的条件，其他则相伴而行。

还有一个隐性课程概念十分宝贵。对于课程，有这样一个定义：课程即学生在学校里可习得的一切文化之总和。"文化"成了课程的母概念。一所学校，有显性文化、隐性文化，相应地就有显性课程和隐性课程。学校与学校的实质性差异在隐性文化上。同样讲《文学评论》，或同样讲《微积分》，北京大学教授的教学风格、风度、派头，跟别的大学就是不一样。看不见的文化有更强大的影响力。留在学生心目中久久不会抹去的，是学校里的校风，是已形成传统的文化。

学校文化还包括物质文化，精神文化。学校的一草一木都在文化中。我任校长期间，让学生形成了四维绿化，让学生容易靠近大自然，从而，贴近、亲近大自然。

伯克利分校开出了一万门课程，我称其为课程"超市"，应有尽有。如果有学生想学的课程在这一万门之外，学校也能够立即组织人员，开辟出学生想修的课程来。

我们的北京大学开出了六千门课程。当时，我所在的大学开出了两千门。这在地方大学里，是较多的。

总的来说，在教育学领域里，我比较独到的、比较特别的研究，还是对课程的研究。比如说，系统的课程哲学研究，就是格外困难的，然而，我写出了两本书，并且也讲授过课程哲学。有了教育哲学、高等教育哲学和课程哲学，在以教育为背景的哲学研究方面，我就相当齐全了。其中，最难的、最罕见的，还是课程哲学。

我的父亲

第五部分
永远的牵挂

永远的长埫口

我做父亲

我的大儿子出生于 1967 年，从此，我也为人之父了。那是我的"而立"之年，真正的成家立业也开始了。大儿子后来的成长令他的母亲和我万分高兴。他就读于中国的名校武汉大学、北京大学，又在美国留学七年。二儿子也上了北京大学，也拿了博士学位，成了教授，并且，也曾留学新加坡南洋理工大学。我的父亲对于他的两个孙子有如此出色的表现，可能是难以预料到的。否则，他也会万分欣慰的。

我的两个儿子这样优秀，先天条件主要取决于他们的母亲，这是有科学依据的。男孩子主要取决于母亲，女孩子，父母的影响各半。对于两个儿子后天的教育，也主要靠了我的爱人。我的行政工作和一些社会活动，让我没有多少时间顾及他们。

我的二儿子有一次回到沔阳家乡，为他的祖父上坟时，竟至泣不成声。这算是他对爷爷的一分孝顺吧。我的大儿子若有机会回沔阳家乡看看，他也会为我父亲上坟，烧香，叩拜，也会泪流满面的。百善孝为先，这个道理他们都十分明白。两个儿子都没有见过他们的爷爷，但是，这种情感跟见面与否关系不大。

我从自己的父亲那里学到了许多为人之父的道理，悟到了许多为人之父的要领。

第一，无论在顺境，还是逆境下，无条件地信任儿子，将最好的礼物自信心送给儿子。

第二，好好做学问，无论从事什么行业的工作，学问做得好、做得深，都是基础。

第三，待人厚道。

第四，孝顺父母、祖宗，忠于自己的民族。

千叮咛，万嘱咐，最重要、最基本的，就这几条。

中华民族的优良文化传统，生生不息，经过我们一代一代人心手相传，永远流传。

换个角度看，叮咛得太多，成千上万了，也有问题。更多的人生道理还是要自己去领悟的，他人的嘱咐，在没有融化于自己的血液之中时，还只是外在的。最亲的亲人的嘱托会更容易融于自己心中，然而，终归还是需要自己去融化的。

人人都会为人之父或为人之母的。做父母需要学习，做个好儿子也是要学习的。差别只在于，有的人比较自觉地学习，有的人则不自觉地学习着。效果当然也不同。望子成龙，是父母的愿望。然而，期望值越高，风险也越高。弄得不好，还可能让自己特别失望。许多事情需努力而为之，却也需要处之泰然。

·第五部分 永远的牵挂·

我做教师

我父亲是医师,有个哥哥也做了医师,楚武哥毕业于中南同济医学院,子承父业了。

我则成了一名教师。如今,已是一位名副其实的教书匠,教了很多年,讲了很多种课。自1959年大学毕业的那年登台讲课,除开那个"史无前例"的运动的头三年外,我一直没有离开过三尺讲坛,上山下乡时也讲课。实打实,我教书58年了,有再多的行政事务和种种的社会活动,我也一直站在讲台上。

我的书,以目前已经出版的著作为标准,横跨了十一个学科。这与我兴趣广泛、喜欢教书有密切关系。我不属于好为人师之列的,我好学,好为人之弟子。我在教书的过程中,受益匪浅。写了,跟读了不一样;教了,跟写了、读了也不一样。我将读、教、写结合起来,一辈子就是买书、藏书、送书、读书、教书、写书,在书海中游荡。

在我看来，要想做学问，最好的途径是做教师。有学问，才能做教师，若想把教师工作做好，就需要有更多的学问。给学生一瓢水，自己必须有一桶水、一缸水、一池水。在今天的时代，学问家不出在教育家中，是十分困难的事。专门的、单设的科研院所，其发展方式，与大学相割裂的方式，路子越来越窄了。

被认为是近70年来的几位教育家（如朱九思、曲钦岳等）都是生活在大学里的人。

1999年有人称我为教育家，事隔两年，2001年就有人称我为学问家。这似乎也印证了，在大学里，教育家与学问家、大教育家与大学问家，是不可分割的道理。如今，将教育活动与学术研究活动割裂开来，曾经有过（如苏联），现在没有了。

我的大儿子跟二儿子，虽然从事的专业不同，但同样成了教师。当听到有人喊他们"张老师"、"彭老师"（二儿子与母亲同姓）时，我心里不知有多高兴。我爱人和我，都是教师。现在，两个儿子也成了教师，可算是子承父业、子承母业了。

大学毕业生中，不少人的就业取向是教师，但各自的想法不一样。有的觉得教师职业比较安稳；有的觉得较之其他行业，教师更为单纯；也有的认为更便于保留士大夫的那分清高；还有就是，能够在教师工作中不断增长见识、增长学问、扩大视野。我是过来人，对于所有这些，我都能理解，有些则是自己体悟过的。

显然，我本人是将读书、写作、做学术研究和行政管理这几方面结合得比较好的人之一。你热爱教学，教学就会热爱你；你拒它于千里之外，它也会拒你于千里之外。事情都是这样的。实际上，主动权是可以很好地握在自己手中的。

我不能忘了感谢教师这个职业。我在许多方面的发展，都是从这里出发，以此为起点的。教师是职业，校长是职务，也有人提出校长要职业化。可是，我估计是职业化不了的。我写过校长学（以书为证），也只是将校长作为一种职务来写的。

　　有人提出让教育家做校长，让教育家办教育。可是，事实上能有那么多教育家吗？主观的愿望很好，但现实并没有那么美好。校长遍地有，教育家却可谓凤毛麟角。把教育做到"家"，把学问做到"家"，把管理做到"家"，都绝非易事。

我做校长

说到做校长,这或许说到我饭碗里来了。

正值我父亲逝世的那一年,我担任了大学党委书记。如果他在世,他定会说那句话:"那是当然的。"那是1982年。当时,我想做校长。然而,我只是副教授,不好意思说当校长。1986年,我一升任教授之后,就申请改任校长。上级说,那就成了二把手,我立即回应道:"我愿意做二把手。"结果,上级将体制改为"校长负责制",我又成了一把手。从1995年至2000年,这两个职务就由我一身兼了。无论我取得了怎样的进展,无论有多么大的成绩,我始终记得上级对我无条件的信任,记得这个时代。尽管有我自己的努力,有自己所做的一番工作,但优良的社会条件还是必不可少的。这样,我就绝无可能有得意忘形的时候。

我觉得校长这项工作适合我,或者说,我适合做校长工作。这在当初也只是一种感觉。

第五部分 永远的牵挂

后来，这种想法日益成熟。这是因为我日益明白了大学是什么，校长是什么，校长应当做什么，乃至于1994年我写出了《校长学概论》一书，由北京师范大学出版社出版。一位留学美国的博士想研究校长问题，在美国竟然找不到一本研究校长问题的专著。在回国时，她在北京打听我们国家有没有人研究，于是有人告诉了她。她专程来到长沙，与我交谈了。这也表明，专门研究校长，将其作为一门学问来研究，真的很罕见。单篇的论文有一些，研究中小学校长的也有一些，研究大学校长的，真不多，或许，这个问题研究的难度也更大吧。来来去去，史上有多少大学校长，而以大学为背景来研究校长的，又有几位？有没有厂长学，有没有店长学，还有没有县长学、市长学？

所有这些都归结于一点：能不能做什么想什么，想自己做的是什么，自己之所做何为。唯有形成了系统的、比较深入、比较成熟的思考，进而有些研究，才能做出相应的学问来。眭依凡在他的《大学校长的理念与治校》一书（人民教育出版社出版）中，对相应的问题进行了很好的研究。然而，他的这一著作，距离专门性的校长学，尚有一步之遥。今后，还有学者对大学校长问题进行专题研究吗？

之所以我在校长学上做出了一点小小的名堂，是因为我在校长工作岗位上，有较长时间的践行；我是在任何实际工作中，都对相应的实际工作进行一些打磨、琢磨、推敲的，日积月累，就可能形成系统的研究了；第三个条件，或许是我的笔头还好，让好思想在笔下顺畅地流淌出来。知行合一，但知是更重要的。可以知而不行，却难以有行而不知；可以眼高手低，却难以有手高眼低。人最重要的是精神、是意识，意识中最重要的又是思维。最理想的状况是知情意的良好融合，理性与非理性的融合，这都需要人的自我锤炼。金无足赤，人无完人，可是，许多人还是努力向完人走去，能接近多少，就尽量去接近。做校长也如此，尽量做一个完美无缺的校长，又不可能无缺，但可以尽其所能让缺点少一点、小一点，尽可能向完美无缺挺进，再挺进。

挺进的结果之一是，教育界认为我成了近70年来我国涌现的最出色的三四位校长之一。名誉归了我个人，其实，学校的兴旺发达，靠的是我们的那个团队。刘志辉、陈钧、戴海、罗维治、龚维忠，这些大好人、大功臣，是不能忘怀的，历史应当记住的。我深深明白，自己不是一个人在孤军奋战，我们有一个强大的团队。

校长，校长，一校之长。厂长，厂长，一厂之长。这都是一回事。还有家长，家长，一家之长；市长，市长，一市之长；等等。校长是教师的首席，校长是学校的法人代表。校长也就是和师生一起读书的人。没有什么巧，学校只有一条：学生好好读书，教师好好教书，校长和所有的行政人员就围绕着这一条好好地转来转去。

那些奖

人们给我的称呼或戴的帽子，包括这个"家"、那个"家"，这个"大师"、那个"大师"之类的，将近20顶。这只不过是有人关注我、观察我、分析我之后给予的一些命名而已，是虚的。图虚名，遭灾祸。我没有图虚名，因而，也没有遭遇到什么灾祸。

在我任校长期间，从不与教职工争名争利，从不与民争利，具体地说，就是从不申报任何课题，不申请任何奖项。校长的名分还要多大，还要别的干什么？什么东西都往自己怀里装，这像校长吗？像我自己吗？这是我的为人吗？"长"字号的人，要少占便宜。不仅如此，我们还有吃苦在前、享受在后的一类训示哩！

在申报"课程与教学论"博士点时，申报表中有一栏：获奖项目。这一栏，我就只能空白了。于是，申报失败。我这才明白，没有获奖，就是没有水平。虽然明白，但并不认可。

水平高，才有奖；现在是倒过来了，有了奖，才算水平高。其实，只要水平高，没有奖，水平依然高；水平不高，有再多的奖，水平依然不高。这种现象，让我感慨万千，难以平静，我们教育领域里添枝加叶的事情太多了啊。

这样，我就只好功利一回了，拿我的《教学论纲》为代表作去申报。这一著作获得了一等奖，以东北师范大学校长王茶顺为组长的评审组给了我最高奖。如此一来，我们那个团队也就取得了博士学位授予权的资格。也算来之不易吧。

学术著作很难有畅销书，但我的《教学论纲》成了畅销书。每年加印3000册，这表明教学论的"市场"上，我的这本书成了抢手货。每次重印时，出版社都给我600元的重印稿酬。那时，我不懂得在订合同时，可规定从销售码洋中提取百分之七八，那样，不就可以发点小财了吗？有许多许多次发点财的机会，被我明确地拒绝了。

到了想设立一个奖学金的时候，才明白当年该发的那些财是应当发的，但世上无后悔药可吃。

有一次评选名师。我的同事来对我说："只要你同意申报，一切有关手续，都无须你管了，并且会十拿九稳地获得'名师'称号。还有五万元奖励。"但我的回答就两个字：不报。后来，石鸥报了，成了。他本已过了进京的年龄，却因有了"名师"头衔而进入首都师范大学。从另一方面看，我也因此而帮助了人，帮助了石鸥。

当年，湖南评选十位社会科学专家，评选的结果是我也竟然位列其中。我从事的是数学，不是社会科学，我从事的是"人论"一类的研究，也不是社会科学。我所从事的学科，一是理学，二是人文科学。从任何角度看，我也不是社会科学专家。

· 第五部分 永远的牵挂 ·

在获得"社会科学专家"称号的同时，还获得了一万五千元奖励。我说"不要"，我的同事则说"你不要，我们要"；那我就说"你们要，还是不如我要"。如此而已。

在一次哲学考试后，我请考分在前五名的同学到办公楼会议室，对第一至第五名，分别给予五千元、四千元、三千元、两千元、一千元的奖励。同学们拿到钱之后，我什么话也没有说，就宣布"散会"了。由此，我还悟出了一条原则：只奖不评。实际上，教师在阅卷时打分，就是一种评，此外，就不要节外生枝了。这样，我就觉得机会和命运握在学生自己手中，只要学得好，一切都会水到渠成的。

我所从事的教育学属哪一类学科呢？为回答此问，我写了《教育学属于人文科学》一文，发表在《教育研究》杂志上。其中，包括了对传统观念的一些颠覆性论说。至今，我还没有看到与之相反的有效论说。我还深信，这是真正地颠覆了。

我觉得，这个时代，这个社会，对我的褒奖已经够多的了，还要那些名分干什么啊。一名合格的教师，一位称职的校长，一些值得信任的好朋友，这就足够。我的父亲对于我能取得一些学术成就，是深信不疑的。至于获得什么奖，他也不会想那么多的。物质金钱是身外之物，名誉地位也是身外之物。荣誉地位，金钱物质，与身价无关，人生的价值是由人格、品德、学问构成的。它们构成的，是人的灵魂。唯一不灭的是灵魂，我们民族的、父母的灵魂，永永远远活着。

金杯，银杯，不如人们的口碑。某些人被赞誉为有口皆碑。这种无形的碑，人们心里的碑，比什么奖杯都更为珍贵。金杯，银杯，是物性的，口碑是神性的。

我觉得，政府，社会，给予我的信任几乎是无条件的。我所要做的，是尽可能配得上这种信任。当然，我不会是为了社会和他人的信任而去努力修炼自己的。实质上，那就是看别人的脸色行事了，那也就是自我丢失，自我丧失，失去自己了。有什么是比自己失去自己更可怕的？有什么比人不知自己为何物更可怕的？

人在两岁左右时方能说出一个"我"字，此后便逐渐知我、晓我、懂我，逐渐获得最珍贵的自我意识。在发现我、发展我、创造我的过程中，进一步认识我。

人有几个我？弗洛伊德认为是三个我：本我（伊底）、自我、超我。冯友兰先生认为是四个我：自然境界、功利境界、道德境界、天地境界。境界即我也。哲学中也有四种我。在 2004 年雅典奥运会上，刘翔以破世界纪录的成绩获得冠军之后，振臂高呼：中国有我，亚洲有我。这声音给我的震撼力，持续到了今天，到永远。

人们说忘物，可是，你有多少物可忘？一贫如洗的话，拿什么忘？有什么可忘？

人们说忘我，可是，你有多少"我"可忘，不发展我、充实我、丰富我，能有多少"我"可忘？

精神上的富有，物质上的富有，是一切的前提。这两者之中，精神富有，乃前提的前提。人最神奇、最神妙之所在，就是它有意识、有精神、有灵魂、有"我"。

那些兼职

人们给我的"家""泰斗""大师"之类的称呼是虚的,给我的社会兼职是实的。省委委员、省政协常委、省教师指导委员会主任、国家文化素质教育指导委员会副主任、教育学名词审定委员会副主任……这都是为我贴的标签,给我贴得不少啊。社会没有亏待我,时代没有忘记我,朋友没有少抬举我、赞誉我。

说几个相关的故事吧。

省政协选举我为常委,我对石玉珍副主任说:"开会时,我将缺席。""那你就来报个到吧。""我给你面子,就来三次吧。""你那位子空着,也不好看吧。""空着,很显眼,有什么不好看。"我算是硬顶着。

一件事,你会不会做,不是开会才能会的,会开得越多,可能越不会做实事。

我的地盘,我做主。在我任校长时,绝少开会,事情办得更多,有些还办得相当不错。

我们还对不同的校务，规定了不同层次、不同方式的会商办法。对于那些已有规章制度明定的事项也请示，将被视为不负责任的表现。我们实行个人负责制，并认为所谓集体负责制，就是集体不负责。这些作法，都十分有效。历史已经证明，在我任校长的十多年时间里，学校高效率成功地运转着。

说一下素质教育指导委员会的事情。起初，全称叫做人文素质教育指导委员会，后改为文化素质教育指导委员会。因为有人认为，"人文"一词来自西方。这印证了一句话：偏见比无知走得更远。

还有一个关于素质教育优先权的问题。其实，在历史面前是用不着争论的。就中小学教育来说，最早倡导素质教育的是教育部主管基础教育的副部长柳斌；在高等教育领域里，最早的倡导者是一位可敬的文人：文辅相，华中科技大学教授。

素质教育指导委员会共有五位副主任委员，北大是王义遒，清华是胡显章，武大是李进才，四川大学还有一位，另一位就是我本人了，主任委员则是两院院士杨叔子。他曾任华中科技大学校长。对于高校的素质教育起源于工科院校这一事实，我的解释是：工科院校较之文理齐全的综合大学对于学生素质的关注更有紧迫感。

五年一届，在素质教育指导委员会第一届届满时，有人提出张某不宜再担任副主任委员了，原因是我缺席了很多会议。此刻，杨叔子先生立即回应道："张校长不来开会也必须继续担任副主任委员，原因在于，他虽然不来开会，但关于素质教育的理论工作主要是他做的。"有两部著作为证：《大学人文精神构架》，《素质：中国教育的沉思》。对于从事素质教育工作的人，这两部著作自然地成了必读书，无需什么人规定要读。不读行吗？也有人说，你就告诉我该怎么做就行了。可是，素质教育是一种思想，它不管具体做法。一种思想，一种理论之下，可以有千百种不同的行为、做法。面对某些理论上的懒汉，我只有万千感慨，感慨万千。感叹于我们的理论兴趣、哲学兴趣实在是太匮乏了，太贫乏了。为什么中国最高水平的大学是北京大学？为什么世界上最高水平的大学是哈佛大学？根本原因就在于他们有浓烈的理论兴趣、哲学兴趣。普遍智慧决定普遍繁荣的道理，已为越来越多的人所知晓。

还说一下，教育学名词审定委员会的事。该委员会中，副主任委员只有两位，一位是北京师范大学的王英杰，一位是湖南师范大学的张某，主任委员是教育部的相关负责人。

在北京开成立大会。第一天上午，我一言未发，下午就开腔了，很可能是泼了一瓢冷水。

自然科学，工程技术科学，与人文科学、社会科学里的名词和概念是大不一样的。

在自然科学里，概念的定义具有一意性，即唯一确定性。例如，什么是恒星，什么是行星，水是什么，雾是什么，风是什么，雷电是什么，桥梁是什么，房屋是什么，金、银、铜、铁是什么，原子、电子、中子、质子是什么，都有一意性的定义。

在人文科学和社会科学中，情况又如何呢？我们用举例的方式来加以说明。

课程是什么？仅就我所知者，就有八种。

教育是什么？定义有数十种。

大学是什么？写一本书也回答不完。

人是什么？一百个答案还远远不够。

回答"人是什么"的书可叫做《人论》，迄今为止，世界上还只有两三本。第四、第五本的出现将在何时，将会出自何人之手？这都还难以预料。这一类的哲学，被称之为非理性主义，与以研究大自然的理性主义哲学分属于两大系列。

回答"教育是什么"的，是教育哲学。自1848年以来，世界上回答这一问题的著作，应当有数百部了。并且，必然还会增加。这就是与自然科学定义的一意性不相同的。

回答"大学是什么"的，被称为高等教育哲学。世界上的第一部高等教育哲学属于德国哲学家雅斯贝尔斯，第二部属于美国学者布鲁贝克，第三、第四、第五本，都属于一个中国人。我的第三本书名就叫做《大学是什么》。由刘颖洁博士翻译成英文，这部英译本行将面世（与我的《人论》的英译本在同一家出版社出版）。

我在这同一家德国出版社出版的著作，还将有《管理哲学》（康桥博士译）、《给教师的101条建议》（蔡剑桥博士译）。中国学者的学术怎么可能不走向世界啊？英语在欧洲是通行语种，在德国出版英译本也等于是在欧洲出版。《人论》系文兰芳教授所译，她历时两年翻译了我的这一本书，自然是开了一个新局面。

附带说一下。我大学念的是俄语，之后自学了英语，却远未达到汉译英的水平。

儿行千里母担忧

母亲过早谢世后，在长达 27 年的时间里，都是父亲为我们兄弟姊妹担忧了。可怜天下父母心，可敬天下父母心。父母一辈子为我们姐妹兄弟操劳，养活这么多孩子，真辛苦，真不容易，还尽可能让我们受教育，尽可能获得优质的教育。

在中学毕业前夕，父亲叮嘱我往南方的大学考，叮嘱我大学期间不要谈恋爱，叮嘱我不从军，不从政，真是千叮嘱、万叮嘱。

当时，我填报的第一志愿是华南师范大学，第二志愿是湖南师范大学。那时校名还是"湖南师范学院"，"大学"的名字还是我于 1984 年任学校主要负责人时改过来的，到如今已有 36 年了，一直是这个校名。高考时，我未达到华南师范大学的录取线，但达到了湖南师范大学的录取分数线。这样，我就落根于湘江之滨、麓山脚下的这片土地。到如今，我已在这片神奇的土地上，生活了整整 65 年。

麓山脚下的这片沃土，成了我的一块福地。在这里，我念完了大学；在这里，我遇到了最好的老师李盛华、杨少岩；在这里，我成家立业，和彭英一起抚育了两个智慧的儿子；在这里，我成了大学校长；在这里，我从此再未患过小时候患过的哮喘病；在这里，我读书、教书、写书，还走遍了大江南北的学术讲坛。

父亲对我的上述四条叮嘱，我都理解，并且做到了，也因此而受益至今，受益无穷。

父亲为什么要我不从军？我想，这与我的二哥有关。二哥张楚琦 15 岁参军，从此杳无音讯。我清楚地记得，父母常念记着，谈说着：二哥是否还在人间。一直到父亲逝世后 8 年，我们才得知二哥尚健在。并且，他在缅甸打击日本人，九死一生，他成了中华儿女中的一名抗日英雄。1990 年，二哥随台湾一个高级代表团访问了大陆，正好在北京大学的两个儿子，去宾馆看望了他们从未谋面的二伯。他们的二伯当然也十分高兴地在自己落脚的宾馆看到了两个侄子。关于我的二哥，前面已有专章论及，此处就不再赘述了。

父亲为什么嘱咐我不要从政呢？对此，我只能作一些猜想了，根据他的经历、他的思路去猜测。

我的父亲不太可能对政治的概念有清晰而准确的了解。我有十足的把握认定，今天的十个人中，未必有一两个人知晓政治的真正含义。在史上一个特殊的时期，更可以说是混乱不堪的，有过"政治挂帅"的口号，可是，政治是什么，却不甚了解。

《中国大百科全书》中界定：西方学者认为政府的内政、外交即政治。中国学者认为，夺取政权，巩固政权即政治。学校里有这类东西吗？学校里有政治吗？将学术与政治混同，不只是认识上的混乱，而且受损害的，必定是学术，能混同吗？

我父亲叮嘱我不要从政，不要走仕途，而要走"士"途，这里是根据他的体悟来讲的。

撇开主观的认识，一个社会是需要有人从政的。我们这么大的国家，从政的人少了还不行。事实上，我们国家也有了一批优秀的政治家，他们领导的政府，有效地发展着这个国家。这么大的国家，这么多的人口，治理起来谈何容易。

1986年，我有过从政的机会，因为父亲生前的叮嘱，我放弃了。

一方面，人各有志；另一方面，社会有多种多样的需要。似乎天然地存在着一种机制，让社会之所需跟个人之所志，总能够调和起来，总能相贴近，相贴合。

历史已经证明，我是比较适合走"士"途的或者说走"士"途比较适合我。

人们在各行各业，在不同的领域里活动，也分别作出自己的贡献。我拿什么奉献给你，我的爹娘；我拿什么奉献给你，我的民族；我拿什么奉献给你，我的家人；我拿什么奉献给你，我无数的好朋友；还有缔造了我们的神奇的大自然。我没有别的，只有一颗心，和从这颗心中流出的真诚与学问。这学问是由4100万字构成的，也是从我的这支笔下流淌出来的，如滚滚长江东逝水一样。

在我心里流出来的，极少有"要"字，最多的是"需"字。就它们的所指而言，"要"是向外的，"需"是向内的、自我的。因而，在我看来，这也是一种更高档的自我意识。人常常需扪心自问，这就是"需"，常常自己叩问自己，这当然也是人的自觉。

我常说似乎、好像、仿佛，并非是模棱两可，而是给自己，给别人更大的思维空间。当然，在十分确定的情况下，也得说正是、就是、肯定如此这般的话。换句话说，我常常说疑问句，说得最多的，正是陈述句，绝少说祈使句。

再换句话说，自己要给自己更多的自由，更需给他人尽可能多的自由。自由即人，人即自由，这是我的基本哲学命题之一，也是我最重要的人生格言之一。

对于父辈的许多事，我不清楚；后来清楚了一些，却还有一些至今仍不清楚。

——我父母亲是湖北天门的人，为什么从印度尼西亚回国后，定居于湖北沔阳？

——为什么我的大姑妈嫁到了沔阳县的下查埠镇（距长埫口约十华里路）？

——为什么父亲四弟兄的下一代儿子，有三弟兄的儿子名字中都有"楚"字，而大伯的两个儿子，一个叫天生，一个叫地生，没有"楚"字？

——为什么四叔一直在印度尼西亚而没有回国？他的儿子张楚祥都回国了。

——为什么二伯成了烈士？

我的父亲也抽烟。为什么抽烟？我就不知道怎样解释了。我的两个儿子抽烟，我曾多次反对，然而反对无效。我也就自己安慰自己，他们的祖父也抽烟，并且没有患与抽烟相关的疾病，只不过，两个儿子从不当我的面抽，因为我连烟味也不能闻，能力太差。一辈子没抽烟，不喝酒，也没有因此而发财。没有什么嗜好，只有写写画画的兴趣，我似乎是为学问而生的，为教书而生的，也为做管理而生。

我常指着自己的脑袋对自己说：这是父母给我最珍贵的东西，

必须让它充分运转。觉悟到这一点，我也就做到了让其充分运转，十分有效地运转。火化之前，不充分有效地运转，更待何时？事实上已证明，我是充分地、有效地运转的。

一个人首先并不在于活多久，浑浑噩噩，活一百二十岁，又有多大意思呢？基尔凯戈尔，只活到了四十岁出头，然而，他留下了存在主义哲学，仅此一桩，也就值了。

挪威数学家阿贝尔只活了 27 岁，但他在群论上的开创性工作，影响了数学世界。

法国数学家伽罗华，只活了 21 岁，也做出了世界性贡献。当然，也有如吴文俊这样高寿的大数学家。

· 我的父亲 ·

最后的路程

我的父亲度过了最艰难的岁月，活到了1982年，他与20世纪同龄，也活到了82岁。

当我们回家乡送别父亲时，二姐泣不成声，邻里劝她说："活了82岁，还哭什么？"在当地，在当时，82岁就是高寿了。我在回家的路上已哭过了，到家时，看到躺在那里的父亲，仍不免声泪俱下。我抚摸他的手，那白皙的、冰凉的手。

父亲曾在不堪忍受的情况下割腕，是我的四嫂及时发现并挽救了他。后来，家人对他说，如果你以这样的方式走了，对子女的影响更大。于是，他表示以后有再大的痛苦，也不走这条路了。写到这里，我又只有以泪洗面了。人间啊，人间！

后来，父亲坚强地活了下来，活过了最艰难的时刻，要不是摔一跤，还可活更多年。天有不测风云，人有旦夕祸福。

·第五部分 永远的牵挂·

父亲逝世后，我们四兄弟抬着他的灵柩，走过他生活了47年的那个镇子的主街时，家家户户燃放鞭炮，送别他们的好邻里，送别他们的好医生。悲伤过后，我们也有几分安慰。公道自在人间，我的父亲无愧于天地，无愧于他的一生。我的智慧的、能干的、厚道的父亲，永远安息在天沔大地了，鸣呼！

还有许多许多事要对父母双亲说。当年，父亲在艰难的时候，所住的是一间十平方米的草屋，一头放一张床，一头就用于炊事。后来我回家，在那间小草房也住了一晚，我必须住一晚，以留下我永远的记忆。这是我无法忘怀的历史记忆。有人道：忘记历史就意味着背叛。忘记民族历史，就是背叛民族；忘记家史，就是背叛父母；忘记自己，就是没了自己，自己不记住自己，也是背叛了自己。

我常常怨上天没有让我的母亲多活一些年。此刻，我的念头却转了：如果她活着，不知会有多少罪让她受。我父亲的遭遇即已说明问题，父亲扛不住的，母亲恐怕也扛不住。除非母亲也能顽强地活过那个最艰难的岁月。能吗？历史不能假设，然而，可以想象。

我很喜欢回忆，这种回忆让我今天的日子过得很踏实，过得更坚实，更勇于向前，唯恐辜负养育了我的双亲大人，唯恐辜负了自己伟大的民族，唯恐枉对了神州大地，也唯恐愧对了家人。不能愧对了生我养我的这片土地。实际上，也不能愧对了自己。不能忘记了自己从哪里来，往哪里走，又将要走到哪里去，走多远，走多深。好男儿，志在四方，却总是要一方又一方地去闯荡的。

有一年，我访问马来西亚。马来西亚的华人告诉我，那里是四季如夏，一雨成秋。

·我的父亲·

　　我站在马六甲海峡岸边望着对面，对面就是印度尼西亚的苏门答腊。顿时，我就想到，那是我父母生活过的地方，一种亲切感油然而生。父母从侨乡湖北天门下南洋，侨居十年之后，因不愿将一把骨头埋在异国他乡，便毅然决然回国了。

　　回国前，我刚出生几个月，一位没有子女的华侨想把我买去。我母亲断然拒绝，再苦再累，也要把孩子拉扯大。那时，信息不发达，他们不知日本人已全面侵华。这样，一回国就逃难，逃日本人的打杀。有一次，她一边抱着我，一边夹着包。日本人一枪打来，打掉了一边，待她镇定下来，才知是打掉了包。就这样，我从日本侵略者的枪口下存活了下来。仅仅这一个故事，就让我跟自己的民族、自己的祖国永永远远联系在一起，亦必然有永远的动力为民族复兴而奋发努力。

　　为什么我能那样勤奋？为什么我不惧艰辛？为什么我能吃苦耐劳？为什么我能那样厚待他人？为什么中华文化、中华民族永远神圣地存放在我心间？为什么无论在教书、写书，还是在行政管理上，有使不完的劲头？为什么我能挖掘自己的潜能？为什么先后三次去湘西给我的都是积极的结果？答案尽在历史中，尽在我心中。

　　父母的在天之灵，照耀着我前进的道路，让我看得清方向，让我勇往直前，义无反顾。

清明节

清明节是我们的民族节日，是我们祭祖、拜祖的节日。清明时节雨纷纷，雨也和我们一道祭奠亲人。寄上我们无限的怀念，寄上我们永远的哀思，插上白花，烧香、叩头、跪拜。就这样，清明节便将我们一代又一代的人联系在一起了。

春节、元宵节、清明节、端午节、中秋节，这是我们的五大民族节日，还有腊月二十四的小年，那是一个小节日了。在我看来，这些节日，正是将我们民族紧紧联系在一起的纽带，让中华文化和中华民族一起，生生不息，心手相传，千秋万代。

除了民族节日外，有不少节日是为弱者设立的。

——有妇女节，无男人节。

——有工人（劳动）节，无资本家节。

——有教师节，无行政干部节。行政人员

的地位已经够高的了，还何需干部节？

——有 11 月 11 日的光棍节。夫妻双双团圆的，还需要什么节日呢？

——有儿童节，无壮年节。显然，儿童需要更多的保护、更多的关怀，如关怀人类的未来。

所有的节日都与一定的文化相连，有些还与饮食文化相连。例如，端午节吃粽子，中秋节吃月饼，元宵节吃汤圆，春节吃十大碗，象征着合家团圆，桌上的鱼不吃，鱼的谐音"余"，不吃掉鱼，就意味着年年有"余"，预示着五谷丰登、丰衣足食。

每次回天门老家，我一定要为大姐姐上坟。每次都泪流满面，纪念慈祥、善良的大姐姐。

每次回沔阳家乡，我的第一件，有时就是唯一的一件事，即给父亲上坟，母亲的坟在湖北嘉鱼。在我为父亲上坟时，就当母亲跟父亲合葬在一起，跪在坟前，为他们烧香、叩头，泣不成声。哭得在天上的父母也听得清清楚楚，儿子纪念你们，儿子永远孝敬你们。

每每写到这里，我就需要停下笔来，强忍着泪水，凝视桌前父母的照片。在我的《改革路上》一书中，编辑部要我提供 12 幅照片，我提供的第一幅，即我父母的合照。我每天看着桌前的父母，念记他们，努力地工作。

人有来世吗？当然有。我父母的来世就在我心间，我们兄弟姐妹的心间，永远在心间。

碑文

在父亲谢世 20 周年之际,我想为父亲立碑,有关的费用,都由我负责,钱不多,但也是一番心意。

碑上的文字,我主动先起草,再征求健在的各位兄弟姐妹的意见,然后确定下来。现将碑文全部抄录于此。

先父怀德,1900 年生于湖北天门县。早年家境清贫,下南洋谋生,侨居印尼。

抗日战争爆发后回国,定居沔阳县长埫口,开办保安诊所,为民祛疾,方圆百里,有口皆碑。

先父与母郭艾芝养育子女九人,一生饱经沧桑,历尽艰辛,亦未忘嘱众子女为国家、为百姓。

正值民族走向复兴之时,先父逝去。当诸

子女抬扶先父灵柩绕经长堉口主街之际,众乡亲深沉目送先父谢世。此亦乃先父告别乡里,长眠于天沔苍穹。

时至今岁,先父母大人先后已分别去世了20年、47年,众子女敬立此碑,挥泪叩拜先父母在天之灵。

于 2020 年清明节